生活·认知·成长
青春励志故事

天堂伞·琥珀之恋

想象卷

杨晓敏◎主编

地震出版社

图书在版编目（CIP）数据

天堂伞·琥珀之恋：想象卷 / 杨晓敏主编 . —北京：地震出版社，2012.5
（生活·认知·成长青春励志故事）
ISBN 978-7-5028-4049-5

Ⅰ. ①天⋯　Ⅱ. ①杨⋯　Ⅲ. ①短篇小说 – 小说集 – 中国 – 当代
Ⅳ. ①I247.7

中国版本图书馆 CIP 数据核字（2012）第 051104 号

地震版　XM2682

天堂伞·琥珀之恋——想象卷

主　　编：杨晓敏
执行主编：马国兴　王彦艳
责任编辑：赵月华
责任校对：孔景宽　凌　樱

出版发行：地 震 出 版 社

　　　　北京民族学院南路 9 号　　　　邮编：100081
　　　　发行部：68423031　68467993　　传真：88421706
　　　　门市部：68467991　　　　　　　传真：68467991
　　　　总编室：68462709　68721982　　传真：68455221
　　　　E-mail：seis@ mailbox. rol. cn. net
　　　　http：// www. dzpress. com. cn
经销：全国各地新华书店
印刷：北京振兴源印务有限公司

版（印）次：2012 年 5 月第一版　　2012 年 5 月第一次印刷
开本：710×1000　1/16
字数：207 千字
印张：15
书号：ISBN 978-7-5028-4049-5/I（4726）
定价：28.00 元

序

杨晓敏

　　好书是具有生命力的。一本好书，我们拿在手上，揣在兜里，或者放在枕边，会感觉到它和我们的心一起跳动。在日常的学习生活中，我们每天都在用最经济的时间、精力和财力，收获着超值的知识、学问和智慧，于是我们自己，就在一天天地充实厚重起来。

　　优秀的短篇小说，就是这样的好书。它是顺应现代人繁忙生活而发展成的一种篇幅短小的小说。跟一般小说一样重视场景、个人形象、人物心理、叙事节奏。优秀的作者可写出转折虽少却意境深远，或转折虽多却清新动人的作品。

　　现在，许多优秀的作者舒展超感的心灵触觉，用生花的妙笔，把小小说从文学神坛上牵引下来，在我们广大读者面前，展现出一幅幅五颜六色的生活画卷，或曲折离奇，或险象环生，或嬉笑怒骂，或幽默诙谐。于是，阅读一本小小说，就成了繁忙生活的轻松点缀，紧张学习的有效调剂，抹平了你我微皱的眉头，漾起了会心一笑的嘴角。

　　我们精心编选的这套"生活·认知·成长青春励志故事"小小说丛书，每一辑都包含了"悟性""创意""想象""品味""风尚""情愫"六卷，并围绕这六个主题，选取当代国内知名作家的精品力作，各自汇编成书，具有强劲的文学感染力。篇篇都耐人寻味，本本都精挑细选，既是青少年认识社会的窗口、丰富阅历的捷径，又堪称写作素材的宝典。作品遴选在注重情节奇巧跌宕，阅读效果峰回路转、柳暗花明的同时，注重价值取向，旨在引导青少年全面、客观地认识社会，开阔视野和胸怀，提高综合素质，进而确立正确的人生观、价值观。

在这套书里，我们推荐给青少年读者的是充满活力的大众文化形态的小小说佳品荟萃。所选择的作品，尽量体现质朴单纯，而质朴不是粗硬，单纯不是单薄；体现简洁明朗，而简洁不是简单，明朗不是直白。它们是理性思维与艺术趣味的有机融合，是人类智慧结晶的灵光闪烁，是春风化雨滋润心灵的真情倾诉，是鲜活知识枝头的摇曳多姿，是青少年读者嗅得着的缕缕墨香。

知识没有界线，可以人类共享，只要是具有优良质地的文化产品，都能互补、渗透、影响和给人以启迪。任何一粒精壮的知识种子，播撒在人们的心灵深处，都会开出艳丽的花朵，结成高尚的果实。

青年出版家尚振山先生以极大的热情，独到的眼光，精心策划了这一套"生活·认知·成长青春励志故事"丛书，我和同仁马国兴先生、王彦艳女士应邀参与编纂，当然也愿意大力推荐给广大青少朋友们。

2012 年春

天堂伞·琥珀之恋 目录
contents

好大雪

○陈　毓

　　说的是扈三娘，《水浒传》中可数的女人之一。她是个美人，见过她的男人这样描述她："别的不打紧，唯有一个女儿最英雄，名唤一丈青扈三娘，使两口日月双刀，马上武艺了得……"再看这美三娘出场："雾鬓云鬟娇女将，凤头鞋宝镫斜踏。黄金坚甲衬红纱，狮蛮带柳腰端跨。霜刀把雄兵乱砍，玉纤手将猛将生拿。天然美貌海棠花，一丈青当先出马。"再看她有怎样的马上武功？"马上相迎，双刀相对，正如风飘玉屑、雪撒琼花。宋江看得眼也花了。"还不够吗？

　　这个英武了得的女人后来的命运却背离了她的性格，她混迹在有杀亲之仇的莽汉中，甚至当她陷身于一桩滑稽婚姻时，她也哑着，不反抗，连一个冷脸也没给过谁。读书人每每读到这里，总要心生不平。偶然的一夜，却听见一个声音在梦里如此这般地说。

　　梁山上聚集的那群人，在心藏儒雅的父亲眼里，无疑就是一群强盗。那些外出的庄客偶尔道听途说来的消息加重了父亲心里的反感，作为正经良民，我理解他的情感。他是容不得一个人恃强霸世的，卫国从保家开始，谁让我们住在土匪的鼻子底下呢。

　　听说梁山上的头目已经有一百多了，他们的身世成为我们议论的话题。

　　我说，那林冲呢？你说过的，他是不肯同流合污的孤独英雄。父亲说，当然，林冲，也就林冲吧。

听说林冲的名字很久了，知道他叱咤东京的威名，知道他沧州草料场铺天盖地大雪中无路可走的窘迫，知道他梁山上不见容于王伦的尴尬……冬去春来，他的事被匆匆忙忙、奔走不歇的庄客们带来，又带到远方去。我的哥哥和我未来的夫君，那位庄子里骁勇强悍的公子更像是忠诚的说书人，一遍又一遍地言说，把他的经历流传为故事。

"要是能跟他研习枪法，肯定有趣。"哥哥说。"听说他傲气得很呢，他不屑的人休想有近他身的机会，远远就让他用枪挑了。"哥哥又说。

我未来的夫君更是异想天开，他深信林冲的枪要是投到天上去，一定能掷中飞翔的大雁。"要是我能跟他相遇，我就邀请他去打猎。他应该是喜欢打猎的，打了野猪我帮他烧烤。"他认真地说。

不知怎的，我们谁都无法把他归于我们的敌人之列，虽然战争在即，犹如箭在弦上。而两军对垒时，他的脸上会有寒霜一般的杀气吗？

战事还算顺利，一战二战都以祝家庄的胜利告捷。

梁山第三次攻打祝家庄是在黄昏。

厮杀从黄昏开始直到如刀的一弯月亮斜挂树梢。马蹄得得，耳边的厮杀声渐远，我发现我已经跑出了弥漫庄子的血腥气息，那个伏在马背上仓皇狂奔的黑汉才是我的目标，是的，我要擒拿住他，宋江。我听见风在我的宝刀上弹奏出嗡嗡的声响。

我的奔驰止歇于百步之外的那个人的拦截。我看见他站在月光下，月光照耀黢黑的林地，却反衬出他的明亮。

林冲。那个被喊做小张飞的人！张飞怎能与他相比？

他立马横枪，静在那里，如同被云翳遮蔽的月亮，忧郁却又光华灿烂。

山林一时寂静，连马也停止嘶鸣，只听得见夜的梦呓。我再次听见风在我的宝刀上弹奏出铮然的响声。

他的长枪只一挑，我一阵迷乱，便看见我的双刀柔软如练，幻化成两道白光，弃我而去。我看见我的腰在他的臂弯里，我的脸在他的肩头，在我一生跟他最为贴近的一个瞬间里，我看清他的瘦削的脸，他深邃的眼睛，我看见他低头打量我的脸时，他眼睛里如火把照耀井水的粼粼波光。我闻见他铠甲上有树叶和青草的味道。

我在心里颤抖一声：林冲。

我不知道我命中如墨的黑暗会接踵而来。死了父亲，走了哥哥，那个约定要娶我的公子已先自变成尘土。而那个粗蠢的手下败将却被宋江送了人情，让他变成了我的夫君。世界恍如一张巨人的滑稽的笑脸。

那是我记忆中寒冷的一个冬天，我手中的宝刀，看见眼泪如夏天的白雨点落在刀刃上，溅出蓝色的火焰。"卿本佳人，奈何从贼？"我的宝刀它在说话。

我和我的宝刀相视而笑，我感觉它温暖地抚慰在我的脖颈上。我听见风呼啸而过，我闻见记忆中树叶和青草的味道。林冲站在眼前。

我看见他被严霜封冻的瘦削的脸，他眼睛里灰一般寂灭的哀痛。我听见他肺腑深处的叹息声。

大雪从天而降，落在两人之间。咫尺天涯，我们是两棵永远无法靠近的树。

梁山上的日子是粗糙、苍白的，我像那个隐忍的人一样深怀心思，如独花寂寞开放。北上南下，急急的征尘中，我是他们眼里那个能征惯战的"哑美人"扈三娘。我想我总有一天是要死的，假如能死在与他一起的征战中就是上天的恩宠了。

这一天总算来了，不迟不早，在它该来的时候来。

这一天华丽盛大，如同我的节日。

你看看我的出场你就明白我的心思："玉雪肌肤，芙蓉模样，有天然标格。金铠辉煌鳞甲动，银渗红罗抹额。玉手纤纤，双持宝刀，恁英雄煊赫。眼溜秋波，万种妖娆堪摘。"

因为节日，就当以节日对待。让鲜血开成花朵。

我在飞翔，恍如多年前。我看见我的眼前银光四射，在赴死的一瞬，我看见头顶阔大无边蔚蓝的天空上只有如花瓣的雪花纷纷而下，携带着树叶和青草的迷人气息。

好大的雪！我听见我情不自禁的感叹声。

一场稀世的大雪消灭了世界的界限。万物的踪迹，只剩下一片白茫茫，大地真干净。

好大的雪！我听见我的声音和他的声音合在一起，不分彼此。

奇 猪

○申 平

奇猪的故事发生在二扁头家。

二扁头家曾经很穷，穷得连头小猪都买不起。所以他家一年四季都没有肉吃。

后来，老张家的老母猪下了一窝猪崽，数了数，有十三头之多。其中有只小垫窝儿——也就是最后出生的那只小猪——眼看就活不下去了。这是因为小垫窝儿一般都比较弱小，抢不上奶吃，所以往往很难存活。老张头儿就要把它扔掉，这时偏偏遇见了二扁头。

简言之，二扁头得到了这头小猪。他如获至宝，回到家里先是用米汤来喂它，接着用他家的饭菜喂它，这只小垫窝儿竟然活下来了。

从此，二扁头便有了件好营生，就是每天去放猪和割猪草。十五六岁的二扁头一说上学就头疼，一说放猪就眉开眼笑。他精心饲养，从不偷懒。不但是二扁头，他家所有的人都把这头猪当祖宗一样供着，有谁不小心打了他家的猪一下，他们会全家上阵跟你干仗。所以村里人都说，这猪肯定是他家的老祖先转世。

这猪却也争气，它就像被雨露滋润的禾苗一般，一天一天蓬勃生长。转眼到了该劁它的时候。兽医请来了，猪也抓住了，可当二扁头看见兽医掏出家伙要在猪身上动刀子的时候，他说啥也不干了，哭着喊着骂兽医要害他的小猪。气得兽医立刻收起家什走人了。

　　这猪躲过一劫，更是气吹一般成长，只一年的工夫，它便长成了一头威猛高大的种公猪。而且这家伙野性十足，见了母猪就追，见了公猪就咬，俨然是个霸王。

　　很快，就有人赶着母猪，来二扁头家配种。配种当然不是白配的，有的给物，有的给钱，二扁头家的日子从此居然有了起色。一家人更是拿猪当宝贝了。

　　这猪后来竟长得像小象一般大小。它性情凶猛，霸气十足。一旦有生人靠近它，便发出雷鸣般的咆哮声，让人不寒而栗。但它对二扁头家的人却是温柔无比，特别是对二扁头更亲，没事的时候，二扁头可以骑着它在村里炫耀。这猪配种的功夫也炉火纯青，没几年时间，十里八村都可以看到它后代的身影。

　　若不是二扁头要去当兵，人们还不知道这猪居然有那样超凡绝伦的"义"和笑傲江湖的本事。

　　二扁头要走那天，在猪圈里跟猪说了半宿的话。他告诉种猪，我要走了，你在家要听话，我会想你的。二扁头后来对人说，种猪好像听懂了他的话，它咬住他的裤脚不放，眼里还掉下了眼泪哩。

　　二扁头走了半年以后，有一天他家的种猪突然失踪了。一家人村里村外、山上山下地找，却连根猪毛都没找到。村人就说：肯定是让野豹子吃了。为此，家里人大哭一场，好像死了爹妈一样难过。

　　奇的是两个月以后，二扁头来信告诉家里人，种猪跑到他那里去了。

　　简直就是天方夜谭，二扁头的部队在八百公里外的深山里。这猪又不是人，又不认得路，它又没法向人问路，它是怎么找去的呢？一村的人都表示不相信。

　　但二扁头在信中说，这是千真万确的。现在，种猪就在部队猪圈里养着呢。而且因为这件奇事，他已经荣升为养猪班的班长了。

　　后来，二扁头又寄来他和种猪在一起的照片，村里人才不得不相信了，都说这猪分明成了精了。

又过了半年，二扁头又来信了。他说种猪又在部队失踪了，估计它是想家了，回去了。二扁头家里人就扳着指头算着等着，过了两个多月，种猪真的回来了。

全村人都跑去看稀罕，二扁头家里人更是乐得手舞足蹈，说这猪真是神猪。再看那猪，瘦骨嶙峋的，身上还有不少伤痕，显然它在路上经历不凡。但它到底都经历了什么，它在哪儿吃，在哪儿睡，从什么路上走的，这一切人们都无从知道。反正八百公里的路，它竟自己走了个来回。

从此，二扁头家更是把它当祖宗一样养着。它老死了，全家人也没舍得吃它一口肉。

兔王的耳朵

○郑渊洁

兔王总觉得自己这个大王当得没人家的大王神气。瞧人家虎王、狮王和狼王，威风凛凛，或率领部下出击，或接受臣民仰拜。而自己呢，只会带着部下逃避灾难，天天生活在惊恐之中。兔王决定改变形象，当个名副其实的大王。

兔王把几位善谋的大臣召来，给自己出主意。"是不是生理上的关系？我建议大王找医生看看。"一位大臣说道。

兔王认为有道理，自己从小就胆小，大概和身体上的什么毛病有关。于是，他决定去找医生。兔王的山寨离医院很近，可他足足走了两个月。因为兔王的耳朵长，能听到几十里以外的声音，他一听到风吹草动就心惊胆战地判断身边有无危机。

"看什么科？"挂号窗口里问话。"看……"兔王也不知道应该看哪个科。"什么病？"窗口里又问。

"胆小……没有王气……"兔王面红耳赤。"看心理科。"

心理科的医生是个小伙子，他笑容满面地接待了兔王。当他得知面前的这只兔子是全世界兔子的大王时，惊讶极了。医生全面询问了兔王的症状，还给他做了心电图。

忽然，兔王紧张起来，两只耳朵竖得笔直，眼睛里露出恐惧。"你怎么啦？"医生不安地问。

"我听见有狼叫。"兔王浑身打着哆嗦。"狼叫?我怎么没听见!"医生觉得很惊讶。兔王的确听见狼叫了,是在几十公里之外。

医生突然明白了,兔王的病根是在耳朵上。

"我建议你把耳朵卖了。"医生说。"卖耳朵?"兔王怀疑自己听错了。"是的,卖耳朵。"医生肯定地点点头,"卖了耳朵,你就能成为真正的大王了。"

"真的?"兔王半信半疑。"不骗你。"医生十分有把握。

兔王信了,从一开始见到这个小伙子医生,兔王就对他有好感。

"到我们医院来手术吧。"医生爽快地说。

兔家族在电视上大做广告兜售兔王的耳朵,消息很快传到虎王耳朵里。

"兔子的耳朵能听到很远很远的声音。"一位大臣提醒虎王。"大王要是买了兔子的耳朵安上,本事就更大了。"另一位大臣献计。虎王想想,觉得有道理,自己要是安上了兔子耳朵,保准虎气更足,更威风。

"快去同兔王联系!"虎王吩咐部下快去,生怕别人抢先把兔王的耳朵买走了。

这天下午,兔王和虎王来到医院。由于兔王胆小,见不得老虎,医生把他俩安排在两间手术室里。

医生给兔王打了麻药。转眼间,兔王的长耳朵就被锯了下来,另一间手术室的医生把长耳朵接在了虎王的耳朵上。

还真灵,自从把耳朵割掉后,兔王的胆子变大了。其实他的胆子还是原来的胆子,只不过他的耳朵短了,听到的令他恐惧的声音少了。

兔王卖掉耳朵后,真的亮出了王气。他再也不惊慌失措了,很给力,赢得了整个兔家族的崇拜。

一次,一群狼逼近兔家族,兔子们慌了,吓得上蹦下跳。可兔王一点儿也没听见狼的嗥叫声,他厉声喝住慌乱的部下。大王的沉着,给臣民们吃了定心丸，大家都静下来。

狼群看见兔子们一反常态，那么若无其事，反而不敢冲上来了。他们觉得兔子后边一定有一张大网，要把狼群一网打尽。

狼群撤退后，臣民们兴奋地连呼"兔王万岁"。事后，兔王听说狼群离他只有一百米时，差点儿吓死。

虎王安上长耳朵后，很是新鲜，他能听到老远老远的地方传出的声音。好景不长，第二天晚上，虎王失眠了，他听见两个男孩子的争吵。

一个说："老虎是好样的。"另一个反驳："老虎是坏蛋！"什么？骂我是坏蛋！虎王生气了，气得浑身发抖，可他没办法——那声音起码是从几十公里以外传来的。虎王一夜未睡。

次日晚上，困得睁不开眼的虎王刚想睡觉，又听见有人在说山东快书《武松打虎》，还伴随着满堂喝彩。虎王又气得浑身发抖。

从此，虎王开始烦躁不安，失眠伴着食欲减退、肝火上升。一会儿听见关在动物园里的老虎同胞的孤独凄惨的叫声，一会儿听到某某地的几只老虎由于环境恶化死亡的噩耗……

虎王的头都大了，他怀念过去宁静的日子，怀念自己的小耳朵。

大臣劝虎王把耳朵还给兔王。兔王却死活不干，他正在动员自己的臣民把长耳朵都卖出去，甚至白送也行。

1858 年的歧口

○ 蔡　楠

这是一个尘封已久的故事。我知道这个故事一旦公诸于世，我将由一个懦夫变成一个英雄。之所以沉默这么多年，是因为我相信真的英雄不应站在岸上，不应享誉在人们的赞美歌颂里，而应沉在海底，沉在真实的历史中。

我刚刚被运到歧口炮台时，威风凛凛：硕美的身材，乌黑的炮口，结实的炮架……我昂首在 1858 年浓烈的阳光和强劲的海风中，身上的红绸缎在海风里飘扬如旗。那时人们叫我"二将军"，我在歧口的南岸，北岸有我的哥哥"大将军"。我们兄弟俩遥遥相对，雄风相逼，一时成为歧口的话题和风景。

涨潮了。海浪声里，常混杂着炮声从深海传来。我身下有着丝丝的颤抖，炮膛有一股类似血液的东西在滚滚奔腾，一直滚到了炮口。我感觉一场战争正悄悄降临。

果然，一个船队在又一次涨潮中出现了。那是英法联军的船队。本来我应该及早发现的。但我没有。昨晚守护在歧口哨所炮台的鹿哨领从城里带回了一个烟花女子。他们就骑在我的身上喝酒耍乐。斟酒伺候他们的是一个叫做陶马的兵丁。陶马是歧口人，是他的老爹把他送上炮台当兵的。那个叫陶牛的老人去深海捕鱼，被一艘外国军船抓去，放回时已失去了双手。渔民以手捕鱼，没有了手，就等于没有了生存的依靠。陶牛脸上的皱纹更深了，像海滩被人挖出了道道海沟。炮台建起来的那天，陶牛就带陶马来了。老人迎着海风靠在了我的身上，悠悠地说，儿子，我要你学会放炮！可陶马没有学放炮，而是被鹿哨领收为了勤务兵。那晚，陶马一杯一杯地倒着酒，鹿哨领和那个妖艳的女子就一杯一杯地喝着。鹿哨领把酒灌进了肚里，女子把酒洒到了我的炮口。当女子唱起撩人的烟花小调时，我已醉眠在漫漫长夜里了……

我醒来时已经太迟了。我已能看见船头上洋鬼子们的尖嘴猴腮和涂着蓝靛水一样的眼睛，还有他们手里的望远镜。我扯着嗓子大吼，鹿哨领，快弄炮弹来啊！我喊了二十多声，鹿哨领没来，陶马和几个兵丁来了。陶马拍着我的炮身嘟囔着，鹿哨领和那女人跑到城里去了，你说这炮弹怎么装吧。

我还没有回答，就听见了一声炮响。我看见歧口北岸我的哥哥"大将军"吐出了一枚炮弹，又吐出了一枚炮弹。洋鬼子的一艘船就起火了。于是，我焦急地说，我帮你们吧！我就哗地把炮膛自动打开，刷地把炮信子自动弹出。陶马他们就把炮弹推上了膛，把炮口调向了最前面那艘外国船，点上了炮信子。

炮信子刺啦刺啦地燃烧着，一直燃烧了半袋烟工夫，还不见炮弹出膛。炮弹与炮信子无法连接，这是一枚哑弹！

陶马他们立即换下了这枚炮弹，又换上了一枚，还是哑弹，再推上一枚，还是不响。操，我骂了一声！操，陶马也骂了一声！

骂声里，一枚炮弹就尖叫着落在了歧口，炮台就被掀去了半边。陶马他们的脸被熏成了黑炭，还有暗红的血从额头上渗出。硝烟未散，有一群人从歧口村跑来了。前面是摇摇晃晃的陶牛。他们有的手里拿着刀叉，有的拿着长矛，还用网兜子兜来了一堆火药。

陶马就跑上去扶住了他爹，号啕大哭，爹，炮弹不响啊！陶牛就咬了咬下唇，咬出了两个血淋淋的字，奸商！

陶牛走上炮台，看了看我洞开的炮膛，望了望越来越近的洋鬼子的战船，发出了撕裂空气般的声音，乡亲们，上火药——

轰——歧口渔民自制的土火药和着沙子石块从我急不可耐的胸膛里喷出去。然而却没能够击中目标。

又有几发炮弹从洋鬼子那里射来。整个炮台都坍塌了，一群人也倒在了血泊里……

狞笑着的洋鬼子爬上了歧口。海滩上他们的脚印像熊迹。他们把我从沙堆里扒出来，蹬着，踹着，嘲笑着。然后，抬起我放上一只小渔船。他们想把我当做战利品带回他们的国家去。

我怎么能跟他们走呢？我为咸丰皇帝感到耻辱，我为鹿哨领感到耻辱，我为我自己没能发出一枚炮弹感到耻辱。我怎么能把这失败的耻辱带到国外供人展览呢？我必须留下来，即使被人唾骂也要留下来！于是，我不停地晃动炮身，用力下坠，小船就被我掀翻了。

我就留在了歧口，和陶牛、陶马的尸体一起埋在了炮台下。

后来，我被人挖掘出来。得见天日的那天，有人狠命地踹了我一脚，呸，这就是那个懦夫二将军，它可是大敌当前一炮未发啊！我咧了咧锈蚀的炮口，想讲一段故事给他们听，但我终究一言未发。

若干年后，我被人弄到了一座现代化的城市，放在了一个新建的博物馆门前。我经常听到一个年轻的女讲解员在给游人讲解：1858年的歧口，有两座炮台，北岸有大将军，已经沉在了海底，南岸有二将军，是个懦夫……

风倒木

○安石榴

　　小瞎子坐在风倒木上，发呆。倒木下是溪流。这棵树被风吹倒的时候，心甘情愿地躺在溪流上，变成一座独木桥。小瞎子听姐姐说，独木桥是山神送给咱们的礼物，要不，打猎、采蘑菇，我们怎么进山呢？姐姐是这么说的，她没有说还可以坐在桥上哭泣。姐姐常常一个人偷偷坐在桥上哭。

　　小瞎子把手里的玉米饽饽掰成玉米粒大小的块儿，摆在风倒木上。他的一双瘪瘪的眼睛躲在薄薄的眼皮后面，受到惊吓的小兔子似的颤动。他偏着头，脸木僵僵的，微张着嘴，下嘴唇紧绷着下牙，上嘴唇似乎被什么硬器撬起，倔倔地翻挺，白而齐的上牙露在外面。除了眼睛之外，他把脑袋上所有的机灵都抽出来集聚在一起，送到耳朵上。

　　他在听。

　　黄昏退去了，即便是盛夏，夜晚的大森林里仍然冰冷，山林幽森黑暗。阳光下的骄子们屏息隐遁成无影无踪的秘密，夜游的生命挑起无边而沉重的黑色寂寥，人们因此躲在小屋里不敢出来。

　　可是，小瞎子敢，他怕什么呢？黑暗又有什么可怕的呢？他打一生下来眼前就是黑的，小瞎子最不怕的就是黑。

　　飞鼠子开始向风倒木俯冲，它们有穿透黑夜的大眼睛。落在风倒木上吃玉米饽饽的声音和小溪流一样动听，和一棵草、一滴露珠弄出的动静一样可爱。

小瞎子挪了一下屁股，玉米饽饽又摆了一溜。又有几只小飞鼠在小瞎子的面前滑翔而过，带来柔软的细风。小瞎子笑了，想，如果自己的头上长了树枝树叶子，那么这会儿必是悠荡起来了。

姐姐悄悄摸来，拉住小瞎子的手往家去。两个人走出了林地，转过山脚，邻人的包米地黄豆地在月光下静默地沉睡。姐姐的呼吸平缓了，拉着小瞎子的手温热了起来：弟，你不怕吗？飞鼠子都是死孩子的魂儿呢。她悄悄地说，生怕惊扰了什么。小瞎子笑了，脑子里掠过柔软的细风：飞鼠子有什么可怕？一阵风罢了。

姐姐捏了捏小瞎子的手，不知道是责备还是赞许。两个人听着自己的呼吸声和脚步声，半天没言语。大山的后面，月亮底下，传来震颤夜空的长啸，不知道是几只狼。每一次长啸后面都有一段意味深长的停歇，像是某种试探和思谋。姐姐矮了身子贴近他：狼，怕不？小瞎子几乎笑出了声：狼有什么可怕？声音罢了。他使劲握了握自己的手，没想到姐姐"哎呀"了一声，抽出自己的手来，甩了甩，重新牵住小瞎子，叹着气：我知道你想什么呢，你不要做傻事。那冤家的确不是人，可是，再忍熬几年吧，等他上了些岁数，说不定就好了。

谁他妈不是人啦！你这娘儿们竟然敢合计谋害亲夫！一个高壮的黑影从一棵矮墩墩的山柳树后跳出来，直接扑向了姐姐。小瞎子耳朵里全是熟悉的声音，哭声，骂声，拳头砸、脚踹的劲力似乎只有奔赴死亡的一条路了。小瞎子总是不明白，每一次都不明白，他为什么一定要打死姐姐？他为什么一定要打死我？可是，小瞎子知道自己再也不要知道这个问题了，那个高大的男人抓住了小瞎子的脖领子，他的脑袋、身子于是像狂风中的树枝一样乱颤。小瞎子把手探向腰间，拔出尖刀，"啊"一声惨叫划破了星空，更结束了黑夜。

小瞎子带上锁子上了路，耳朵里满满嘈杂慌乱的声音，他知道是邻人的和乡亲们的。他又那样偏着头仔细听。那些叹息、叫骂、猜测没有一丝遮掩。人们总是那样，他是个瞎子，可是，他们总不经意地又当他是个聋子：完了，小瞎子一定被砍了头了。这次小瞎子笑出了声，他正了正头，大声说：砍了头有什么可怕？脖子冰凉罢了！像是一声炸雷，炸开了之后便是一片人的沉寂，人们都被小瞎子的话惊呆了，蒙在一种似醒非醒的境遇里不能自拔。

这时候，一个女人嘹亮的哭声从林子里传来：哎呀，风倒木断了，我的羊儿掉到水里了，我的羊儿被断木砸死了！我的羊儿啊……疼煞我啦……

小瞎子站住了，女人的声音缭绕在他的耳边久久不去，不知道为什么，他心里暖暖的，静静地想，我断了头，姐姐也会这样心疼的。于是，小瞎子浑身一热，两股热泪就从他瘪瘪的眼睛里流了出来，小溪流一样不断了。

这是小瞎子平生第一次流泪。

多动症

〇杨红樱

除了体育老师不说马小跳有多动症，其他教过马小跳的老师，都说马小跳有多动症。

秦老师不止一次地对马小跳说："马小跳，你一刻都停不下来，让你爸爸带你到医院检查检查，看是不是有多动症。"

老师的话不敢不听。马小跳把秦老师的话原封不动地传达给马天笑先生。

马天笑先生不以为然："你又没病，到医院去干什么？"

马小跳说："我爱动。"

"爱动好哇！"马天笑先生一巴掌拍在马小跳的肩膀上，"生命在于运动嘛。"

有了"生命在于运动"这个原理，马小跳动得比以前更厉害了。

秦老师问："马小跳，你爸爸带你去医院检查了吗？"

马小跳说："没去。"

"为什么没去？"

"我爸爸说生命在于运动。"

"你爸爸真够幽默的。"

在对马小跳的教育问题上，秦老师从来不在马天笑先生身上寄予太多的期望，因为她觉得马天笑先生自己就像一个不懂事的大男孩，所以她在马小跳身上下的工夫就特别多。

"马小跳，我来治你的多动症。"

秦老师就这么武断，还没去医院检查，她就断定马小跳有多动症。

过了几天，秦老师问马小跳，想不想在"六一"儿童节上台表演节目。

马小跳说当然想，自己做梦都想。

班上要表演的节目是童话剧《龟兔赛跑》。路曼曼演兔子，唐飞演乌龟。两个主角都有人选了，那么，马小跳又演什么呢？

秦老师说："马小跳演那棵树。"

马小跳问哪棵树。

路曼曼抢着回答："就是兔子靠着睡觉的那棵树。"

说是演树，其实只不过是一个道具。马小跳两只手举着两根树枝，一动不动地站在那里，连一句台词都没有。

故事是从一只兔子在一棵大树下遇见一只乌龟开始的，也是在这棵大树下结束的。所以，马小跳必须从头到尾、自始至终地站在那里。

马小跳两只手高高地举着两根树枝，眼睁睁地看着兔子路曼曼在他身边跳来跳去，眼睁睁地看着乌龟唐飞在他身边爬来爬去。

那个唐飞真是笨，连马小跳都把他的台词背得滚瓜烂熟了，他自己还经常忘词儿。马小跳忍不住就要给他提词儿，唐飞不仅不感谢马小跳，反而去向秦老师告状。

"秦老师，马小跳说话了。"

秦老师就来警告马小跳："马小跳，你要记住，你是一棵树，树是不能讲话的。"

乌龟和兔子开始赛跑。兔子骄傲了，在大树底下睡觉。路曼曼靠在马小跳的身上，眯上了眼睛。马小跳的心理很有些不平衡：她这个主角当得太舒服了，在台上蹦蹦跳跳，风风光光，还可以靠在我马小跳身上休息。

而马小跳腿都站酸了，却不过是个活道具。马小跳要使点坏，他往后一退，路曼曼立即四脚朝天。

路曼曼哭了，跑去向秦老师告状，说马小跳故意捣乱。

秦老师最喜欢路曼曼，一见她哭，就格外生气。

"马小跳，你再故意捣乱，我就把你换下来。你知不知道，还有很多同学想演你这个角色呢！"

马小跳知道，确实有很多同学想演他这个角色，比如张达，再比如毛超，而且他们还扬言，就等着秦老师把马小跳换下来，好让他们来演。

马小跳很怕秦老师把自己换下来，他说他不是故意捣乱，他是累了。

秦老师又警告马小跳："马小跳，你要记住，你是一棵树，树是不知道累的。"

后来在排练的时候，马小跳就不停地对自己说："马小跳，你是树，不是人。树是不能说话、不能动、不知道累的。"

秦老师看马小跳有进步，就鼓励他："马小跳，只要你把树演好了，我就让你说一句台词。"

马小跳说："我不说。你不是说树是不能说话也不能动的吗？"

秦老师就笑起来："我们演的《龟兔赛跑》是部童话剧，童话中的动物可以说话，树也可以说话。"

马小跳说："童话中的树既然可以说话，为什么只能说一句，而不能多说几句呢？"

"不可以。"秦老师一点商量的余地都没有，"只能说一句，但这句话非常重要。"

马小跳后来才知道，这句非常非常重要的话，就是"虚心使人进步，骄傲使人落后"。秦老师说："别小看这么一句台词，这句台词可是这部童话剧的灵魂。"

为了能说这句台词，马小跳在排练中，一动不动地一站就是一两个小时。有时唐飞记不住词儿，或者是路曼曼出点差错，站三四个小时的时候也有。

秦老师终于同意让马小跳说这句台词了。

马小跳把这句台词练了至少一百遍。马天笑先生说："说'虚心使人进步，骄傲使人落后'这句台词，一定要用充满智慧的声音说。"

马小跳不知道什么样的声音是充满智慧的声音。

马天笑先生就示范了一遍。马小跳却笑起来：原来充满智慧的声音，就是拿腔捏调、瓮声瓮气的声音。

"六一"儿童节那天演节目之前，马小跳的全身裹满了棕色的布，这是树干。他的手上举着绿色的树枝，就更像一棵树了。他一上台，就把所有人的眼球都吸引到他身上了。马小跳是全校闻名的淘气包，所以他在全校的知名度远远高于路曼曼和唐飞，人们根本不看路曼曼和唐飞的"龟兔赛跑"，只看马小跳。

"看看，演树的是马小跳！"

"他真像一棵树。"

"噢噢，马小跳！噢噢，马小跳！"

节目演到最后，马小跳终于用充满智慧的声音，也就是用那种瓮声瓮气、拿腔捏调的腔调，说出了那句最关键、最灵魂的台词——"虚心使人进步，骄傲使人落后。"

他刚一说完，全场就响起了炸雷般的掌声和欢呼声。

教过马小跳的老师都说，马小跳演得最好。因为要让马小跳这样一个一刻都停不下来，被怀疑有多动症的孩子，来演好一棵树，真是太不容易了。

最后的优雅

○周正旺

大学时期，他总是一个人背着一把二胡，来到未来湖前面的草地上，席地而坐，然后旁若无人地拉起二胡，一边拉，一边还引吭高歌，唱的都是优美的情歌，带着遥远的来自草原的韵味。

这时候，未来湖前面停下了一声声匆匆而过的脚步，有人陶醉，有人冷笑，当然也有人无动于衷。

他是秦风，我大学时代的同班同学，也是睡在我下铺的兄弟。

他并不是来自遥远的北方，他出生在江南小城临川，却不可思议地拥有慷慨悲凉、雄壮热情的属于草原部落的乐感。没有人知道为什么，只有我知道，那来源于他内心深处无边的浪漫和深沉的忧伤。

秦风拉得一手好二胡，唱得一手好曲，是一位白白净净的文弱书生。他身高一米七五，身材匀称，戴一副纯净得不可思议的银丝眼镜，总是穿着一身洁白的衣衫。我们不明白，为什么他经常席地而坐，却总能那样一尘不染，也许是天生的纯净不容许一丝杂质的侵犯吧。

秦风大学时代没什么朋友，也不和人说话；就算和睡在他上铺的我，也没能有更多的交流。

秦风斯斯文文，沉默寡言，学习好得一塌糊涂——虽然他并不花过多的时间来钻研。毫无疑问他成了女孩心中的白马王子，不少优秀的女孩向他射来了丘比特之箭，然而秦风始终无动于衷。但是我知道，秦风一直怀揣一颗浪漫的心，始终在等待一个真正属于他的梦中女郎。

就这样，一直过了几年，大四的时候，秦风才开始了他人生的第一场爱恋。他的女朋友是一个大学新生，来自遥远的黄土高坡，长得黑黑胖胖，但是难掩一脸的坚毅和执著。

所有人大跌眼镜，不少女生为秦风伤心地流下眼泪。败在这么一个女生身上，她们无论如何也无法接受。

我们学校是省里一所重点高校，大学毕业后，很多人进入了政府机关、事业单位、大型国企工作，秦风学业优秀，不少令人羡慕的岗位向他招手，然而秦风都拒绝了。他去了遥远的地方，做了一名普普通通的中学教师。我心里早就知道，这是他大学毕业后必然的选择，他的心永远留在北疆，留在大漠，留在无边的草原。

以后，我们再也没联系，联系他他也不理会。听说几年后，他的女友，那位坚毅的北方女孩，也去了同一个学校，做起了老师。

秦风成了我大学时代的一个记忆，也成了很多同班同学心中的不解之谜。

如果不是老教授的八十寿辰，也许我们一生都无缘再见。十月十八是老教授的生日。老教授姓卢，是我们大学时代的写作教师。我们这一届学生是他的关门弟子，因此他和我们关系格外密切。老教授是一个著名文学评论家，也是一个多情浪漫的教授。我们上学那几年，每逢过生日，老教授都要邀请我们去他家举行盛大的聚会，这已成了习惯。老教授最喜爱的学生就是秦风，秦风的文章让老教授赞颂连连。每次老教授生日宴会，秦风都带着二胡去伴奏，他神采飞扬，眼里射出一道道夺目的光辉，不少人被他的演奏所震撼。

老教授年纪大了，他还有个心愿：再见秦风一面。大学毕业后，秦风已经整整十年没有露面了。我们大家也都很想念他。

我和秦风没有联系，但我知道他所在的学校。我打电话到他们学校，然后找到秦风，告诉他：老教授八十岁了，想见见你。也许，这是最后一面了。

秦风沉默了一会儿，说，好，我会赶来的。

十月十八。老教授家高朋满座，然而寂静无声，大家都在等一个人。我们这一届的学生都到了，除了秦风。男的西装革履，自信满满。女的也都神采飞扬，青春依旧。不少人都带着自己的伴侣。看得出，大家都混得不错，事业成功，家庭幸福。

八点整，约定的集会时刻。秦风和一个女人——我认得出是他的女友，现在应该是他的爱人——双双走了进来。十年不见，秦风像完全变了一个人：他满脸沧桑，身体也变得臃肿起来，只有那眼神，依稀可见当年的神采。秦风的爱人倒是没多少变化，依然黑黑胖胖，依然一脸坚毅。

我听见不少女生都叹息了一声。老教授似乎也有点失望，他招呼大家坐下吃饭。酒席上，大家高谈阔论，秦风和他的爱人却一直没有开腔，只是在老教授敬酒的时候，才说了声谢谢。

酒席之后，照例是歌舞晚会。这时候，大家都矜持起来，偌大的舞池竟然没有一个人下去。

悠扬的二胡声响起，所有人像在心灵上被重重敲打了一下。不知什么时候，秦风已抱起一把二胡，站在舞池中央，旁若无人地演奏起来，一股清泉流水般的音乐倾泻而出。秦风意气风发，指点江山，他的头昂得很高，脚踮得也很高，仿佛这里只有他一个人，仿佛只有他的灵魂在涤荡……

这时候，他的爱人也仿佛一个精灵，翩翩起舞，围在秦风的身边，像一只优美的蝴蝶。优美的声音和曼妙的舞蹈结合在一起，仿佛这就是全世界。

我看着秦风的身影，仿佛看到了当年遥远的记忆，我转身看着其他的同学，也看着老教授，所有人都泪流满面。

家　族

○谷　凡

　　他被迫离开山顶家族，他原本是这个家族中的王子，在这个家族中，上上下下对他都是喜爱的，因为他是猴王的儿子。但是，意外发生了，他的父亲老猴王战败，那个又凶又狠的家伙取代了他。他的家族被侵占，新猴王强迫他离开，一分钟也忍受不了他在家族中存在的情景，虽然他的母亲哀求过新猴王。

　　新猴王不准许年幼的雄性猴子留在家族中，因为这会给他带来威胁，尽管他还很小，生活勉强能自立，但新猴王仍旧不放过他。他走的时候，没能和自己的母亲告别，还有那个和小裤子经常玩耍的山洞，他也没来得及去看一眼。新猴王的凶让他毛骨悚然，他真希望自己能打得过他，从这高高的山顶上把他推下去。但这样的想法近乎荒唐，老猴王那么英勇善战，都被他打败了，自己哪里是对手。

　　起初的几个夜晚，他还在山顶家族周围的地方活动，但新猴王一旦发现就会没命地追他，那次若不是他身体小跑得快，真就没命了。

　　夜晚的时候他学会了一个人躲在树上睡觉，然后远远地看着家族的方向发呆。他不知道自己该怎样生活，离开了群体，他感觉自己是那么的孤独。他想母亲，想小裤子，想和他一起玩耍打闹的姐妹们。

　　他就这样被驱逐离开了山顶家族，开始过一个人的日子。饿的时候，他就为自己找点吃的，有时一连几天也找不到。在家族里生活时，他从不想这些事情，可现在，如果他不想，就会被饿死。

为了能找到更多的吃食，他离山顶家族越来越远，他甚至到了有人居住的村子里，偷吃他们种的香蕉，或是其他可吃的东西。天黑的时候，他就躲在一个破庙里，听着雨声，然后流眼泪，想母亲，还有小裤子。

他吃得越来越多，身体也越来越大，他发现自己离开家族已经很久了。他长大了，已经不再是一个孩子，他想去挑战那个占领他家族的猴王，在没有挑战之前，他想先看一看自己的能力。刚好那天他遇到了红唇，红唇是废墟家族里的成员，有几次他混在这个家族里去偷东西吃，这家族里的首领居然没有发现他，但红唇注意到了他，她却没有赶他走的意思。红唇，多像当初自己的母亲，温柔，善良。

接近红唇，并在这个家族里取得地位。这个想法一出现，吓了他一跳。他开始有目的地接近红唇，很快，他发现红唇的肚子里有了他的骨肉。挑战废墟家族的时刻到了，他知道红唇和她肚子里的孩子会给他带来很多力量，会让他英勇，让他胜利。

也许是废墟家族的首领真的老了，也许自己真的英勇无比，总之，那天的决斗并不惨烈。他成了废墟家族的首领。

他带领废墟家族到处觅食，他也想找个山头，使这个家族安定下来，但家族里的一些成员似乎不习惯安定的生活，他们习惯住在离人并不很远的地方，很容易偷一些人们种的东西吃。可他觉得这样太危险，他希望废墟家族像他的山顶家族一样，有个安定的居所，规范的觅食领地。时间又过去了很久，他费了一些事，终于把废墟家族拉了出来，找个离山顶家族不远的地方住下了。

闲暇的时候，他喜欢远远地望着山顶家族发呆。山顶家族已经不属于他了，小裤子早就做了母亲，她和她的孩子们很安静地在那里生活，她也许忘了曾经和他一起玩耍的那个山洞。

那天，他决定到山顶家族领地看看，看看自己的母亲还有小裤子。他去了，没有谁注意他，也没有谁追赶他，更没有谁认出他。他老得已经对这个家族没有了威胁，和他最要好的小裤子也没认出他。那天他没有看到母亲，小裤子只在那里看护自己的孩子们，一点没注意到他走近了。

他没有哭，眼泪已经被他用完了。现在的他已经老了，他的孩子们已经长大了，废墟家族里的成员对他的需要越来越小了。他必须悄悄地离开，然后在一个什么地方老去。他不想告诉红唇自己的想法，他从来也不曾和红唇有过沟通，他要悄悄地离开，到那个他和小裤子玩耍过的山洞里去。

小裤子，他想到小裤子时，心里总是甜甜的，尽管她已经不记得自己了。

半只眼夫妻

○孟伟哉

一夫一妻两个人，应是四只眼，为何称半只眼夫妻？因男方双目完全失明，女方两眼只有极微弱的视力。七十年前，我小的时候，偏僻的乡村医药极缺，更没有西医的检查设备。这一对夫妻的女方，她的视力，到底是零点几或零点零几，无法得知。反正，同丈夫一样，她也得拄拐棍。也许，因为她还能模模糊糊影影绰绰看出或感觉到一些大物象，例如道路和房屋的轮廓，出行时总是她走在丈夫前头；丈夫在后，一只手拽着她的衣襟，一只手里的拐棍敲打着地面。他们走路的速度很慢很慢。她两只眼的视力加在一起，也远远比不得健康人的一只眼。

他们怎样结为夫妻，我不知道；他们的姓氏名字我也不晓得。那时我只有六七岁。我只知道他们是夫妻，与我外祖母家是一个村子的人。随母亲到外祖母家时，我还看到过他们住的地方，那是南堡村西头靠一堵高房墙的一间小平房，又低又矮，小门小窗，坐南面北。

我记得这些，是因为他们不止一次来过我们北庄村，有一回还到过我们家。

我的家乡有一眼山泉，源自霍山，古称霍泉。霍泉流量颇大，形成两条清清的河流，灌溉面积达十万亩。所以人口密度大，村与村相距不远。近者几十米、百十米，远者二三百米。这一对盲夫盲妻的活动范围，就在附近这些村庄间，路，他们好像也走熟了。

他们走来走去做什么呢？解梦，乡亲们又称之为"破梦"。

那时，日本鬼子还在，据点碉堡很多。时常，半夜里，只要群狗乱吠，母亲就爬起来跪在炕角，双手合十然祷告；我说不出什么话，也听不清母亲的祷告词，但是也跟着坐起希求平安，怕日本鬼子突然袭击，杀人放火。

在日本鬼子的残暴下，在那种紧张恐怖的社会氛围里，做噩梦，做怪梦，成为乡亲们相当普遍的精神状态和心理现象。有一幕情景我至今记得，在村中心的水井边，一天早晨，好几个大娘大婶，不约而同地讲起自己近日做过的怪梦，荒诞、离奇，让人越听越心惊肉跳。而我的母亲，自从父亲作为抗日决死队排长被阎锡山军队杀害，就成了一个多梦者。不祥的梦折磨得她心神不宁，她总以为梦境是某种预兆。村里有一个老头儿，好像清朝末期一个什么军官，从马上摔下来成为残疾，每天扶一根木拐在门口孤坐，被认为是见多识广的人。母亲每每做了怪梦，就拉着我去向这个老人倾诉求解，用现在话说便是不自觉的"心理咨询"。

有一天，母亲可能是做了比往常更怪更吓人的梦，她不是去找本村那个老汉，而是特意请来这一对盲夫盲妻，因为那个盲夫是方圆乡村著名的解梦人。岁月抹掉了我的记忆。我已不记得母亲说了什么，也不记得那个双目失明的男子说了些什么，对他的音容笑貌却印象深刻。他静静听过母亲的诉说，才讲出他的道理。他说话慢条斯理，声音轻柔，总是满面和善的笑意。他的道理究竟如何，无由评价，反正母亲原先心事重重、忧愁凝滞的脸上，随着他的解释，渐渐有了笑容，有了光彩，显出精神松快。这个盲夫讲过之后，他的盲妻又玩了一个魔术似的表演：把一枚针头和一根线头含在口内，过一会儿拿出来，那线头居然穿进了针眼。这无疑使我们更惊奇快乐。为表达谢意，母亲高高兴兴做了一顿好饭请他们吃。

那时在偏僻的乡村，虽无人明明白白讲心理学，乡民们实际上有自己自觉不自觉的心理调适活动。这一对盲人夫妻受欢迎受敬重，全在于他们善解人意，怀抱一颗良善之心，给心怀忧虑和困惑的人排忧解惑。也许，正因为他们自己是苦命人，才更理解别人的忧愁和苦恼。他们把噩梦怪梦解释成"无碍"和"吉祥"，让人们得到宽解和慰藉，让人们摆脱心理的阴影，在那个沉重苦难的时势里，用当今的话讲，实堪称良好的"心理疏导"。

我上学转移过几个地方，从平川转到山区，一晃几年。好像是1948年5月我参军入伍前夕，忽一天在村道上，又碰到这一对盲夫盲妻。他们仍然拄着拐棍，而在前面给他们领路的，竟是一个蛮可爱的小男孩——他们有了一个眼睛明亮的儿子。

生活的意外

○申永霞

我相信生活中一定有许多意外。

为此，我忙碌不已。我一直为这个问题苦苦思索，而且，我一直为这个意外去寻找答案。乐此不疲。

我是一家报社的专栏撰稿人。你一定看过一篇《摇摆的风》，那就是我写的。当时它的作者叫机子。那就是我。我有过许多名字。机子，满，米牌，之布，和等等你认为非常怪异的名字。

另外，最让你意想不到的是我还十分的美丽。

没亲自见到我之前，你根本不会想到，也根本不会相信尘世间的女子真的可以是这样。

我的脚步袅袅，尽管我是在坚硬的柏油路上走路，但别人看我，总觉得我是在飞。我常穿的是一身最朴素的长裙。白的或蓝的，偶尔是浅白或是浅蓝的。

或者，你还可以惊讶。因为除此之外我还有个男朋友。他长得很丑。可我非常爱他。

我和他的相识也是一个意外。

那天我正走在从报社回家的路上。我发现一个男人正盯着我。对此我毫不介意，我常常被人盯梢，被人跟踪。或者——"小姐，我请你看电影。"

而结果是他们只会使我孤独的脚步飞扬得更快。

但那一天不是。

那个男人跟了我一会儿。突然，他义不容辞地拽上了我的胳膊，握住了我的冰凉的手。我回头去看，看到了一张非常丑的脸以及一双非常坚忍的眼睛。

我突然想哭，我差一点哭了。

我跟着他走。一直走进了他的屋子里。那是一条深深的巷子，他的屋子里有一种强烈的气息。那是一种寂寞男人独有的气息。我喜欢这种气息。这种气息像他的人很合我意。从此我们相爱了。我常到他的屋子里去。那里一年四季都有一盆燃烧的炭火。

我问他，爱我吗？

他不说话。只是用力地吻我。

我问，爱我吗？

他还是不说话。这次他更用力地捏我的手臂。我听到我的肌肉与骨骼相撞的声音。但我心里十分快乐。

我相信，我愿意为他而死。

我梦想有一天我被汽车撞倒。满街飘着我年轻的血液，就像撒落了的红叶。我乌黑的长发枕着我年轻的身体。他走过来轻轻地抱着我，轻轻地想念着我。

以后的许多年，他都在黑暗里轻轻地思念我。我活在他永恒的思念里。死将使他永远地爱着我。这难道不比平淡地活着忧伤地分手重复地继续更让人回味吗？

这样，我每天常常非常虔诚地走到大街上。我常眼含热泪，充满笑意地与一辆辆飞驰的汽车迎面而视。

然而每次，我都安然无恙地回来了。

我并不失望，因为我非常明白那一天迟早会来的。它是我的命。我知道我的命是令人伤感的命。

果然，那一天终于来了。我忽然换上一条红得让人流泪的裙子。那是我衣柜里最亮的一种红色。我从容地套在身上。我的洁白的肌肤被红衣衬托得更加骄艳。对着镜子我给自己的嘴唇上轻轻抹了一点口红。因为我发现我冰冷的唇上有一贯的苍白。

我登上了一双浅浅的平底布鞋。

在我走出家门时，有个人突然朝我递来了一束花。我伸手接过，嗅一嗅，真香。

我勇敢地走上了夜色的大道上。

有两束明亮的灯光向我急速地刺来，我意识到那就是迎接我的光芒。我最后一次嗅了嗅花。

可是，我并没有死。我听到一声刺耳的刹车声。我以为那是朝向天堂的呼啸。然而我安然无恙地睁开了眼睛。我摸摸脸，一切都是好的。我抬抬胳膊，它仍然十分的灵活。

我睁着眼，睁着眼。旁边有一个声音在叫。我想，那定是吓得失魂落魄的司机了。

路上的行人将我扶了起来。我低头一看，看到了那枝花。确切地说，只是花的枝蔓，真正的花朵正压在车轮下。

我没死，可花死了。

我突然哭了，我弯腰想抽出那枝花。一用力却只抽到一根光秃秃的花枝。

望着失去灵魂的枝干，我突然意识到活着的美好。

也幸而，我仍然还活着。我想扑到我的爱人怀里，让他的声音与力气安抚我。我不再想活在他的记忆里。我要和他在一起，哪怕过一种最平庸的家庭生活。即便会争吵、无味，像天下的夫妻一样，我也要抛弃我内心的浪漫与虚无，勇敢地追求生活的真实，和他天天厮守在一起。

那条巷仍然很深、很长。有冰冷的石子与我的影子。

终于，我来到他的房门前。

我敲门。执著地、非常认真地敲门。声音回荡在夜空里，很长，很响。

我一直这样敲到天亮。

天亮的时候，我看到了屋里的模样。

什么也没有了，只剩下空空的一个房间。

我透过无助的大眼，看到了另一种死亡。的确，生活的意外出现了。但我没料到是这种意外。紫霞姑娘在她深爱的男人怀里说过：我猜到了开头，没猜到结尾。我也是，或许所有的悲剧都是这样的。

接下来，我怀了孕。可我还不知道那个父亲的名字，我叫班弦。

楚班弦。

佞 臣

○张晓林

丁谓是宋太宗淳化三年的进士。在赵恒的印象中，他是个很有才华的年轻人。一篇千把字的文章，丁谓只要一过目，立即就能背诵下来。不仅如此，他的棋艺也很高超，还通晓音律。没事的时候，还喜欢涂抹几笔。他画的蟋蟀、蝈蝈儿等一些草虫，挂在院子里，鸡子都争着去啄——这个水平，恐怕连大宋画院里做到待诏职位的资深画家也不一定能达到。

赵恒即位后，王禹举荐丁谓做了夔路转运使。王禹是朝野公认的正直大臣，能得到他推荐的人并不多。正因为这个缘故，赵恒很器重丁谓。

不久，赵恒第二次亲征辽国，就提拔丁谓出任齐、濮等州安抚使。丁谓也真给赵恒争气，辽国的士兵都攻到城下了，箭矢在城市的上空如蝗虫般飞过，而丁谓所指挥的兵马却一点儿也不见慌乱——这还真需要点儿本事！

赵恒很满意。他想，丁谓这小子行，等有机会还要提拔他。

隔一年，机会就来了。

赵恒叫三司使陈恕搞个财政收入情况统计表报上来，他想了解一下每年大宋朝的税收情况。

可陈恕却迟迟不办理这件事。等赵恒把他叫去问是什么原因时，陈恕又支支吾吾地答不上来。赵恒很恼火，把陈恕训斥了一顿，说："要不是看你在太宗时就担任了这个职务，业务还算精通，早把你的乌纱摘了！"

退下来，有人问陈恕："搞个报表对你来说不是小菜一碟吗？"

陈恕正色道："陛下刚即位，心气正高，他若知道每年的税收这样多，难免会滋生乱花钱的想法，这对朝廷危害很大呀！"

这话传到了赵恒耳朵里，赵恒算把陈恕恼透了：这天下都是朕的，花钱多少哪轮得上你陈恕操心！一拂袖子，就把陈恕的乌纱给摘掉了。过一天，三司使这顶主管天下财政的帽子就戴到了丁谓的脑袋上。

丁谓一上任，立即搞了一份详尽的财政统计数字，并附了一则说明书，说明本朝比太宗时的税收增长了多少多少，上报给了赵恒，又备了一套副本，送交史馆，载入史册。

赵恒慨叹道："还是丁谓会办事啊！"

大中祥符五年，赵恒想选一个人来出任参知政事一职，他第一个就想到了丁谓。这时，丁谓已经被正式任命为三司使了。可是，真要提升丁谓时，赵恒却又犹豫起来。他觉得丁谓这个人太好动心思了，缺少一点儿东西：尊严！有时甚至还很下作。

前些日子，赵恒听说了一件事：丁谓随宰相寇准出席一次宴会，吃饭的时候，寇准的胡须上沾了一点儿菜渣儿，丁谓看见了，慌忙离席去替寇准擦拭，结果被寇准斥责了一顿，说他丢掉了一个朝廷大臣的尊严。

像这样的人能出任参知政事吗？参知政事一职可不是闹着玩的，它往往是宰相的候选人啊！

等等再说吧。

这一年的春节前夕，干旱了一冬的天突然降下了一场瑞雪，赵恒高兴极了，便组织大臣开了一个踏雪诗会。

踏雪归来，赵恒的兴致丝毫不减，他一边往后宫走，一边对宦官刘承圭说："三司使以上的八位大臣每人赏赐玉带一条！"

刘承圭把赵恒的圣旨给主掌财政的丁谓说了。

丁谓一听，叫道："刘公公，库房里只剩七条玉带了，不够哇！"

刘承圭说："你先不要慌，叫我再去请示一下皇上。"

不长时间，刘承圭又走了出来，手中还恭恭敬敬托着一条玉带。他对丁谓说："皇上今天真是高兴，把自己佩的玉带都解下来了，不知道要便宜哪个大臣！"

丁谓一看，眼热了。这条玉带太精美啦，那七条玉带跟它一比，都成粗麻绳了。丁谓很想把这条玉带据为己有，可是，他旋即就泄气了。他心里清楚，自己虽然也是八位大臣之一，但说到天边这条玉带也挨不上他！

丁谓不愧是个聪明人，又主管赏赐这一项，他就对行赏的手下人说："皇上的这条玉带先留着，等回来再还给皇上，皇上没有玉带怎么能行啊？那七条玉带先赏给七位大人。我有玉带，就不领赏赐了。"

过了几天，丁谓和其他七位大臣去谢恩，赵恒一眼就看出来了，那七位大臣都佩带着自己所赏赐给他们的玉带，唯独丁谓没有，不禁问道："这是怎么回事？"

丁谓说："陛下的那条玉带太珍贵，我舍不得用作赏赐品，准备把它还给陛下。我自己原有玉带，就不领赏赐了。望陛下恕罪！"

赵恒一听，鼻子立刻就酸了，眼角涩涩的——他太感动啦！

赵恒说："丁爱卿，朕赏出的东西哪有再收回来的道理，这条玉带就赐给你吧！"

赵恒想，丁谓的一颗心都在朕身上啊！这样的人不做参知政事还有什么样的人配做参知政事呢？尊严？朕要的是忠心，尊严算老几！大臣在自己面前太有尊严了还让人受不了呢，叫尊严滚一边去吧！

丁谓回到家里，解下那条玉带，"嘿嘿"笑了好长时间。

没过多久，丁谓升任参知政事。

天禧四年十月，丁谓已坐上宰相的宝座，他借"乾佑天书"一案，把寇准贬为雷州司马，后又暗中派人将寇准害死在任上，算是解了当年的羞辱之恨。

谁把我推下的水

○沙 舟

记者找到了我。

我问记者如何找到我的？记者说，有位游客用手机拍下我救人的场面，提供给报社，将照片登出来，便有人打电话告知是我。哦，原来如此！我向记者坦言，平时不看报，否则不会这么问。

记者称我是英雄，我立马紧张起来，觉得浑身不自在，连忙说，别这样称呼我，其实我什么也不是。英雄都是高尚的人，而我没那么高尚。

在我的要求下，记者不再称呼我英雄，从挎包里拿出录音机放到我面前，准备认真采访。我看到录音机，又紧张起来，让记者收起那玩意，说我不接受采访。倘若换一种方式，随便聊聊，交个朋友还可以。并向记者表白，我这个人很爱交朋友，只要能说到一块就行。

记者说，那好吧，不录音，作为朋友随便聊聊。我这才精神放松下来，与记者扯东道西聊开了，从美国金融风暴，到今冬取暖涨价……聊着聊着，记者话锋一转，问我一个人去公园做什么，是不是锻炼身体？现在年轻人有句口头禅，叫储存健康。我说，我去关爱寂寞女人。听朋友讲，公园内有许多寂寞女人。

记者"咔咔"笑，说我这人真幽默。

记者问我会游泳吗？我说不会。记者就说，不会游泳下水之前怎么想的？我说什么都没想，也来不及想。

记者摇头，说什么也没想不可能吧？总得想点什么，譬如想到黄继光堵枪眼、欧阳海拦惊马、罗盛教破冰救儿童……这话把我逗乐了，夸记者的记性真好，过去连环画上的故事还记得。记者便说，那些故事以前小学课本上都有。我说，我读小学时，课本上没那些故事。我爱收藏过去的连环画，那几个故事都是从连环画上看到的。并阐释我对过去连环画的看法：过去的连环画不能跟现代的作比较。现代的只是给学龄前的孩子看；过去的小孩大人都能看，图文并茂，很有意思……

记者说，我们的话题扯远了，还是回到采访上来吧。我一听不高兴了，说记者，刚才不是声明不接受采访，只为聊天交朋友？怎么又成采访啦？记者恍然大悟，说是是是，不采访，单聊天，那就聊聊你下水的事吧。

我跟记者说，我不是不会游泳吗？下到水里非常害怕，心想这下完蛋了，才三十岁，还没讨上老婆呢，就这么给淹死了，多冤！于是拼命地蹬腿，乱划拉水。但过一会儿，我没有沉下水去，感觉脚挨着地了，立直身，发现水只没到我的胸口。这时，我不再害怕，看见身边有两只小手在摆动，意识到是那落水的男孩，便抓住那两只小手，把男孩提起来，托举到岸上……

记者问我，将男孩救出后，为何不留姓名就没了人影？这下又把我给逗乐了，我说，我为什么要留姓名，让人家报恩吗？再说了，人家不定咋想，还以为是我把男孩推下水的，否则我怎么会有那好心救人。留下姓名，不是给自己找麻烦吗？

记者仍问，救出人后去了哪里？我说，还能去哪里，回家呗！落汤鸡似的，冻得发抖，赶紧回家换衣服，喝两口小酒暖暖身子。要是冻感冒，吃药打针就赔大发了。

记者说，无论如何我是好人。我连忙摆手，说我不是什么好人，也从未觉得自己是个好人。这次救人，纯属偶然，并非出于本意。记者有些不解，问我下水救人不是自愿的吗？我气愤地说，实话讲吧！那么冷的天，又不会游泳，傻子才自愿下水救人。不知是谁把我推下的水……

记者惊得目瞪口呆。我们之间再也没什么可聊的了，就此结束。记者临走时，我再次声明，我没接受采访，只是随便聊聊天，不许写文章登报。记者沮丧地点点头。

第二天，报纸上还是登出有关我的文章，我还是成了救人英雄。

楠木棺

〇吴卫华

解放战争时，蒋介石的嫡系少将旅长周时顺，战死后停丧在都党城。蒋介石痛惜之余，下令厚葬周时顺，并派特使左枫林操持丧葬事宜，特意嘱咐左枫林一定要给周时顺置办一口金丝楠木棺材。

都党城内最有名气的寿材铺，是陈记寿材铺，开在都党西关，前面五间是门脸儿，门口挂着老大一块木刻广告牌：自置四川建昌阴沉金丝楠木椁套、福建香杉江西饶州各省花板一概俱全。铺子里陈列着各种型材的寿棺，北方的寿棺大多平头直身棱角分明，南方的寿棺则造型圆润弧度多直面少。这一长排的寿棺，再加上老板陈天命使劲绷着从不跟顾客笑谈沉郁惯了的脸子，使铺里从早到晚弥漫着一种阴森森的凉意。五间门脸儿的后面是桅厂，其实也就是棺材加工厂。那年头，开棺材铺的老板出外办事，多不说自己是开棺材铺的，只说是办桅厂的，因为船上的桅杆多是杉木制造的，而棺材也多是杉木料的，这绕来绕去的，桅厂竟成了棺材厂的代名词。

左枫林带着副官直奔陈记寿材铺，七十多岁的陈天命谨慎地把铺子里的几口上等寿棺一一指给佩戴着中将军衔的左枫林。左枫林不满意那几口看起来也算奢华的寿棺，指指门口的广告牌子，向白须拖胸的陈天命说："我是冲着你那广告牌子来的，上面写着有阴沉金丝楠木，我就要一副金丝楠木寿棺，不是阴沉木的也好。"陈天命摇头："我这是老字号，那牌子是清朝中期挂上去的。金丝楠木其实在明朝晚期已极稀少了，阴沉木更是原木在地下埋藏三千年以上的珍罕材料，俗语'黄金满箱，不如乌木一方'，这乌木说的就是不腐不朽的阴沉木，这年头，别说阴沉木极其罕见，就是金丝楠木，也难觅踪影了，一口金丝楠木寿材，在清中早期至少值一千两银子。"左枫林打断他的话："价钱随你要，难道大国民政府还付不起一副棺材钱？但我要的是真正的金丝楠木，材料决不能弄虚作假。"陈天命再次摇头："那是先人挂上去的牌子，且今铺子里的好木材只有香杉、木宪、桦、柏，实在没有欲售的金丝楠木。"左枫林望望门脸儿后面的桅厂说："蒋委员长说了，有贡献金丝楠木的，奖赏，如果刻意隐瞒，论通共罪。"

左枫林走后，陈天命郁沉着脸，语气决绝地跟两个儿子老大老二说："是祸躲不过，只有抢先了，今晚解板！"那夜，桅厂库房里大锯解木板的声音整整响了一夜。

第二天，天阴沉沉地下起了小雨，在这个秋天，都党城内的国民党，最要紧的事是给青天白日旗覆盖着的周时顺找一口金丝楠木棺材。

陈记寿材铺后面的桅厂雨棚下，陈天命在一一检视着近二十把不同用途的刨子，逐一磨锐刨铁，再端端正正备进刨堂里。一阵皮鞋声响过来，陈天命不抬头就知道谁来了。左枫林冷冷地说："我可听人说你这儿是有好寿材的。"陈天命放下手中的弯刨，像平常那样面无表情地说："将军昨天不是看过那些斜货材料了吗？"左枫林依然冷冷地说："库房里我还没去看。"陈天命慢慢走近库房，从腰间摸索出一把单齿铜钥匙，打开库房门上那把长口形的铜锁。

库房里尽是些解开的上等木板，为防走形，被一层层地镇压着。左枫林仔细地看着那些木板，当他走到四块镇压着的木板前时，忽然嗅了嗅鼻子，停下，辨别气味地又嗅嗅："这散发出阵阵幽香气味像樟木又非樟木似柏木又非柏木的，是什么料？"陈天命迟疑一下说："库房里的柏板和杉板都有香味，将军嗅到的也许是它们的混合香。"左枫林干脆指着那四块浅橙黄略青灰纹理淡雅文静新茬新口的木板说："幽香发自它们，绝非什么混合香，这是什么料?"陈天命沉声说："不敢隐瞒将军，这是我自留的货板。俗话说'七十三八十四，阎王不叫自己去'，我今年整整七十三岁了，正在坎上，解开这板是想给自己做寿棺。"左枫林哼一声："陈老板并没有回答我这是什么料。"陈天命反攻为守："将军您说它是什么料?"左枫林摘下雪白的手套，双手抚摩一番那质地温润柔和的板面："我父亲是木材商，幼年的我是在木材堆中长大的，你这副寿板是如假包换的金丝楠木，而且是去年新砍的，所以颜色带些青灰，老料的金丝楠木才全是橙黄色的。新锯开的金丝楠木板，遇雨会发出阵阵幽香，任你怎么作伪，它内中的金丝都是遮掩不住地美轮美奂，况且满都党城都知道你有一根粗大的金丝楠木。"陈天命长叹一声："将军果然是行里出身，说的一点不错。它是我两个儿子去年跟雇用的伐木工人，在穷崖绝壑人迹罕至之地九死一生砍伐回来的。金丝楠木有五德：第一，耐腐，埋在地下能几千年不腐不朽；第二，防蛀，有楠木香，百虫不侵；第三，不伤身体，冬天不凉夏天不热；第四，不变形翘裂，型材稳定；第五，纹理瑰丽，多有异象，可结成山水人物。因了这五德，多少豪门权贵甚至帝王将相，没有不想为自己的百年身后事安置一口金丝楠木棺的。我一介平民，上无寸功于国家，下无遗德于子孙，虽想私留自用，终是才德不配，情愿捐献给国民政府。"左枫林就笑了："陈老板大事不糊涂啊，国民政府不会亏待你的。那边立等急用，还请陈老板尽快赶造出寿棺。"

　　陈家的桅厂里丁丁吭吭地忙碌着，陈老大陈老二憋着一肚子怨气在刨光板面，陈天命稳稳地坐在旁边盯着两人干活儿，指点着这儿要仔细了那儿该用线刨。陈老大终于忍不下父亲的挑剔了："被人强要了去你还这样挑剔我们的活儿，犯得上吗?"陈天命一沉脸子："你们谁敢糟蹋了这天地精华，今后就别喊我爹!"

　　在陈天命的严督苛责下，陈老大陈老二使出浑身解数精益求精地打造着寿棺，两个手工纯熟的精壮汉子，一连赶造了五天，才合好棺材。奇象出现了，寿棺两侧墙的纹理竟是海水红日纹，如此奇丽富贵的纹理，惊呆了陈天命父子三人。木榫合拢鱼皮胶粘连，整副寿材合成不用一根铁钉，在阳光下，寿棺通体泛着绸缎般的光泽，尤其那金丝，更有一种天生的华贵气。陈天命抚摩着大气磅礴仪态万方的寿棺，不由热泪纵横，喃喃地说："好东西，好东西啊！"绕棺摩挲，竟夜不去。

天一亮，陈天命用水向肚里送服了点什么，然后叫起两个儿子，交代他们急需去做的事。两个儿子听得脸都绿了，可事情已经无法挽回，只好照嘱去办。

左枫林带着二十多个士兵来抬寿棺了，他们一进陈记寿材铺后面的槐厂，就见陈天命袍履簇新地端坐在棺材的正前方。左枫林有点发怔："陈老板这是？"陈天命惨然微笑："一棺不容二主，这习俗想必将军也是知道的，否则亡人会在阴间争执不休的。"左枫林狐疑地问："你不是想反悔吧？"陈天命的脸青灰灰的，嘴角突然溢出血来："我开了一辈子寿材铺，终了被一口棺材要了命。"说完，两手按膝费力地站起来，脚步趔趄地走到棺材边，颤声说："开棺！"一旁的陈老大陈老二血红着眼睛吃力地抬下厚重的棺盖。陈天命再支持不住，上身一下搭伏在棺沿上，艰难地扭回头跟惊愕得不知所措的左枫林说："对不起了，我实在不能割爱！"陈老大陈老二哭着连声喊爹，陈天命最后吩咐两个儿子："把我抬进棺内，快快合上棺盖。"说完双眼紧闭，头搭垂进棺内，气绝息断了。

陈老大陈老二哭号着把陈天命抬进棺内安置好，各拿一把大木槌把棺盖和棺身榫接合拢并砸实，在咣咣咣一下接一下的锤击声中，陈家的男女老少事先安排好似的，一下全冒出来了，个个披麻戴孝，白雪雪地跪爬在棺材前，哭得惊天动地。

左枫林回过神后，脸都气青了，只能灰溜溜地带人离开陈家的槐厂。

那年，陈记寿材铺的第四代传人陈天命，为了那口能福荫子孙千年不朽的金丝楠木棺，服毒自尽抢先入殓了自己。

桃 梦

○非 鱼

　　夏天到来时，我买了好多好多的桃子，转眼就变成一堆干干净净的桃核，乖乖地躺在阳台的一张报纸上，拨拉一下，发出清脆的响声。

　　这堆桃核，乖乖地躺到来年的春天，生成了我的一个桃梦，梦里有嫩绿的小芽茁壮地成长，遒劲的枝干，灿烂的桃花，硕大的桃子……这个梦整日冲撞着我的心，不能安生。

　　播种的时候到了，我必须把这些梦的种子埋进肥沃的土壤。我是懂得种桃的过程的，应该就像在一些网络游戏里种花一样吧？播种、浇水、施肥、除草、打药，然后再浇水、施肥……每个过程都不偷懒的话，便会收获一枝美丽的花，接着才可能跑到聊天室里穷显摆，送给自己喜欢的美眉。

　　我带着我那一堆很乖的桃核，开始寻找适宜它们生存的地方。沿着街道指示的方向，我一直走，走，走到双脚发酸，除了马路边的绿化带，我没有看到泥土的样子，更别说肥沃不肥沃了。而那些绿化带里，已经密密匝匝种满了各种俗艳的观赏桃。

　　我继续朝前走，黄昏快来临时，我终于找到一个好地方：生态园林区。我掏五十块钱买了门票，看门的小丫头递给我一个塑料筐，草莓随便摘，不能采花。我解释说我不是来摘草莓的，我只是想给我很乖的一堆桃核找个安家的地方。小丫头态度很好，生态园林就是让人随便进来采摘的，你交了钱，就可以摘，但怎么可以随便种呢？我说，我要求不高，只要有土就行，将来的桃树我负责照看，不要你们管，我还可以交钱。

小丫头一听可以交钱，急忙说，你先等等。然后我看到她进了售票的小房子，开始打电话。一会儿，一个肚子挺起很高的男人来了，小丫头说这是我们经理。

经理伸出一双肥厚的手和我握了，然后说，有什么要求尽管提。我就说了，可等我说完，他说这里是生态园林，什么是生态你懂不？就是一切和农村的农家一样，保持原本质朴的风格，都是规划好的，一寸闲土都没有了，要不你自己找找看。

我在经理的带领下，很认真地找了一遍，生态园林里每一寸土地都种上东西，连个田边地头都不剩，都种上了向日葵。

我失望至极，拎了一筐小丫头替我采摘的草莓出来了。我转身把草莓递给了门口玩弹珠的孩子，继续朝远处走去。

城市的尽头是农村。农村就应该有土地，应该有我种桃树的地方。

最后一抹夕阳还依依不舍地拉扯着山尖的时候，我来到了一个叫黄庄的地方（路牌是这么写的）。

我对一个正在地里锄地的老伯说，我想找块地方种桃树，可以掏钱。老伯看看我，又上下打量了几个来回，他说，城里人可真会想点子，我们种的桃儿还卖不出去，你跑这儿种桃？别扯了，赶紧回去歇着吧。

我说我真想种桃树，我把桃核都带来了。我摇摇手里拎的兜子，让我很乖的桃核发出哗啦啦的声音。

老伯不耐烦地摆摆手，我这儿是没地儿，你看别人家有没。

沿着麦苗绿生生的田埂，我不死心地找，可一块挨一块的地里，不是种着麦子，就是长着果树，或者就是塑料大棚养着反季节蔬菜，然后就是一个又一个砖瓦厂。

终于在天彻底黑下来前，我看到了一大块的闲地，地里长满野草，两只倦归的牛还在悠闲漫步。我立马兴奋起来：这就是我要找的地方，这就是我的桃园，我的桃梦开始的地方。

可还没等我高兴完，一个彪形大汉过来问我干吗呢，我说我想找地儿种桃树，他像轰赶苍蝇似的晃了晃手，走，走，去别处吧，这块地我们公司征了，准备建农家乐呢。我问啥叫农家乐？他白我一眼，理都不理我，戳在那里就等我走。我走了，但我的桃梦不会轻易破灭。

我最终还是找到了适宜我的桃核生长的土壤，百二秦关终属楚啊！

土，很肥，捏一把似乎都可以出油。我小心翼翼地把我很乖的桃核一颗一颗埋进去，并用手轻轻压一压，然后慢慢浇上水。

以后的日子，我就经常面对着那块土壤，做着我丰富美丽的桃梦。然后一遍遍浇水，施肥，施肥，浇水……

但一直等到第二年秋天，我那很乖的桃核始终没有冒出一丝鹅黄嫩绿。

因为，我只是把它们种进了花盆。

雕无二

○张国平

　　小城多奇人，管五就是其中之一。

　　小城的四街是以宋代的四牌楼划分的，四牌楼以西就是小城的西街。顺西街走不远，路南有个不大的门面，看上面的大牌子"雕无二"，就找到管五了。别喊管五，喊雕五，管五准乐呵呵地抱拳迎出来，如果喊管五，管五也许会不阴不阳地板起脸问，你找谁？

　　在小城管五的根雕是出了名的，大家都习惯称呼他为雕五，久而久之管五也把这名字听顺了，管五的名字反而渐渐陌生起来。管五觉得雕五这名字里蕴涵着一种尊重，所以每当大家喊他雕五，管五脸上便流淌着惬意。

　　管五根雕铺那块很大的匾牌也是在这种氛围内挂上去的，起先人们只觉得"雕无二"中的"无二"只是"五"的谐音，后来教书的冯先生道出了管五心里的玄机，冯先生摇着头说，无二就是唯一，管先生的意思是说，在小城根雕手艺上管先生无人能比。

　　人们恍然大悟。不过"雕无二"这口气也未免太大了，其他玩根雕的好手不服，暗暗跟管五较劲儿。

　　那年大汉奸石友三进驻小城，想弄个根雕玩玩，其他几家根雕铺的掌柜一指说，真想玩根雕得找雕五，他是小城根雕的雕无二。掌柜们的意思再明白不过了，他们是想借石友三之手杀杀管五的傲气。

　　石友三的副官便去了，可管五脖子一拧说，不卖。副官没想到碰在钉子上，一时愣了，问，为什么不卖？

管五说，金银有价，根雕无价，管五的根雕只卖配得上的人物。

石长官手下千军万马，难道还不算人物？副官疑惑着。

管五说，是不是人物跟这没关系。

那跟什么有关系？什么样的人物才配你的根雕？副官问。

管五说，真正的汉子，真正的中国人。

副官听明白了，管五是在讽刺石友三，嘲笑他没骨头。石友三曾是雄霸一方的军阀，"七七事变"后却投靠了日寇，成了认贼作父的大汉奸。副官被管五弄了个大红脸，回去后将管五的话委婉地对石友三说了。石友三一拍桌子说，再去，买他最好的根雕，无论多少钱。

副官又来了，指着一座根雕说，长官说了，就要这座。副官指的那座根雕是一只展翅雄鹰，它舒展长翅，利爪弯曲，俯首向下，弯嘴如钩，栩栩如生，气魄非凡，大有取人肝胆之势。副官把两根金条朝桌上一拍说，多少钱？开个价。

先不说钱。管五笑了，管五问，你知道这根雕的名字吗？这根雕叫"英魂"，不是老鹰的鹰，是英雄的英。管五做根雕向来取其神韵，每座根雕都富有灵性，不然管五也不敢给自己挂"雕无二"的招牌。

灵性这东西不能小看，这座根雕看久了能印在人心里。管五说，如果你不信可以拿走，只要石长官能受用得住，管五我分文不要。

果然副官拿走"英魂"三天，又主动退了回来。原因副官自然不说，问管五，管五只高深莫测地笑。后来才有消息传出来，说石友三得到雄鹰后天天夜里做噩梦，梦见无数双如鹰爪一样的手掏他的心。

其他玩根雕的掌柜们听后，对管五彻底服了。管五的根雕不但形似、神似，竟能摄魄勾魂，根雕做到这种出神入化的地步，不服哪行。

管五也有不如意的时候。管五很想做一座"睡龙猛醒"的根雕，以提醒那些麻木不仁的国民，在国难当头的时刻挺身而出，用鲜血和生命去捍卫民族的尊严，却苦于没有好的根料。根雕不同于绘画，可以尽情挥洒，根雕赖于根料，没有好的根料，再大的本事也是无米之炊。

管五为了寻找这个根料，走遍了乡乡村村，角角落落，却踏破铁鞋无觅处。看到日寇疯狂蚕食国土，民族存亡危在旦夕，管五愁得脸上的皱纹也像无数条枝枝杈杈的树根。

烈酒苦饮，管五在痛苦中送走了一个个落日。再也不能忍受了，管五决定不顾纷乱的世道只身去深山老林里寻找。把"雕无二"交给老婆掌管，管五走了半年，找回五件根料。拿回家仔细揣摩，管五又失望了。五件根料都酷似腾龙，但怎么看也没有管五满意的神韵。管五一气之下把它们劈烂，扔进炉膛里当柴火烧了。

管五心中的痛苦只有酒盅的烈酒知道。

管五又饮上了，满街的人都在管五的眼里摇晃。突然有一位白面书生晃进了管五的视线，不过各路玩家见得多了，管五对书生模样的人并没在意。

根雕艺人靠酒打发时光，可不是正业啊。书生却开口了。

管五举杯，又灌一盅小酒，叹息，天下之大，谁知我心。书生呵呵地笑了，说，我。

你？你知道什么？管五抻直了脖子。书生说，我知道管掌柜苦于根料而无法抒发胸中情怀。

来。管五一拍桌子说，喝酒。书生淡然一笑说，酒暂且不喝，我倒要看看院中大树。

管五的院子里有棵千年古槐，双臂难搂。书生绕古槐转了三圈说，有了。管五懵懂，问，有什么？书生说，神龙根料。

管五愣神之时，书生却走了，管五追出再寻，不见了影踪。怕旁人伤了树根，管五一人刨了整整五天，终于看见了那个苦苦寻觅的神龙根料。

半年后，管五将那座《睡龙猛醒》的根雕摆出来的时候，乐呵呵地摘下了那款"雕无二"的牌匾。

安琪儿花屋

○沈　宏

一个月季花盛开的初夏日，我们这条古老的街上出现了一间精致漂亮的花屋，花屋名叫安琪儿花屋。

安琪儿花屋的主人是位独身的中年男子，名叫瑞雪兆。据知情人说，瑞雪兆曾是市郊外一个花木场的园艺师，侍弄花草特有经验，且爱花如痴如醉。因每日大多跟花在一起，以致没有时间陪自己的妻子。妻子曾问他说，你这么一个爱花的人，怎么会如此冷漠地对待自己的女人？瑞雪兆回答说，花是女人，女人不一定是花。妻子听了气得把瑞雪兆侍弄的花草砸了个稀巴烂。此后，瑞雪兆就跟妻子离了婚。

安琪儿花屋生意特好。这主要是瑞雪兆培育出的花色泽鲜艳，香味馥郁；同时，安琪儿花屋服务周到——如果谁想买花，一个电话，鲜花就会送至府上。

安琪儿花屋临街对面有条明清时期留下来的窄窄的弄堂。弄堂两旁是些老式楼房，楼房的墙壁青苔斑驳。就在这些斑驳的楼房里，住着一位秀美的独身女人，其住户门牌是 46 号。安琪儿花屋每天要为这 46 号住户的独身女人送去一束康乃馨。康乃馨是有人为她订购的——即每月的 1 号，有人汇款至安琪儿花屋为 46 号住户订购了一个月的康乃馨，且要求在安琪儿花屋的赠言卡上打印一行字："花儿，祝你快乐！永远爱你的康儿。"对此，瑞雪兆想，这一定是一对纯情男女的浪漫爱情。

这样的事从夏季一直持续到秋天。

秋天，街道两旁的法国梧桐变成了金黄色。一日，因送花工请假，瑞雪兆亲自给 46 号住户送花。瑞雪兆敲了敲 46 号住户的房门，门是虚掩着的。瑞雪兆见没人应声，就推开了门。一进门，瑞雪兆发现有个女人躺在地上，便忙抱起放至床上，并要去打电话叫救护车。刚好这时女人醒了。瑞雪兆问女人说，你要不要紧？女人摇摇头说，不碍事，这头晕症是老毛病了。女人说着打量了一下瑞雪兆。

瑞雪兆说，我是安琪儿花屋的主人，是来送花的。

女人说，请你把花拿给我。

瑞雪兆把花递给女人。女人把花放至胸前轻轻吻着，其眼神中闪现出一种如初恋少女所特有的光泽。瑞雪兆为此一颤。

此后，瑞雪兆又为这 46 号住户的独身女人送过几次花。而每次女人接过花后，其眼神中所闪现出的那种光泽都使瑞雪兆震颤。

月末的一天，瑞雪兆去邮局取笔汇款。在邮局里，瑞雪兆瞅见 46 号住户的独身女人正低着头填写一张汇款单。瑞雪兆走过去，见女人在汇款单上写着"安琪儿花屋收"的字样。

女人抬头见是瑞雪兆，便显得很慌乱。女人说，是你？

瑞雪兆问女人说，你住的地方离安琪儿花屋那么近，为什么要通过邮局汇款订花呢？

女人有些惶惶惑惑，便吞吞吐吐说，这是……

瑞雪兆说，要是你觉得不方便，我每月上门收款好了。

女人笑笑，摇摇头。蓦地，女人那白皙的脸颊上涌现了一片绯红。

瑞雪兆又为之一呆。

女人说，你想听吗？这曾是一个女人的梦幻。

瑞雪兆没有回答，只是点点头。

就这样，在邮局通往安琪儿花屋的林荫道上，我们这个故事中的 46 号住户——一个秀美的独身女人对安琪儿花屋的主人讲述了她的故事——

在我还很年轻的时候，确切地讲那时我还只有十八岁，我爱上了一个幻想中的男孩。男孩非常英俊，每天都给我送一束康乃馨。而几年后，我的幻想变成了现实——我真的跟一个非常英俊的男孩相爱了。那男孩住在五十里外的一个小镇上。每天他骑自行车从五十里外的小镇赶到我们的城市，给我送来一束绯色的康乃馨。一年后，我们订了婚。订婚那天，他问我结婚以后最大的心愿是什么，我说我要到他的小镇去开间花屋，花屋的名字就叫安琪儿花屋。我们一块儿守住安琪儿花屋幸福地生活，好吗？他听了我的话后，就紧紧拥着我说，我答应你！可是就在婚期临近的前两天，他却出了意外——那天他给我送花时，被一辆汽车撞了。

他死了，可我一直不敢面对现实。我总以为他还活着，每天都给我送花，可是他再也没有出现。我只好从原来的住处搬了出来，想以此忘掉过去，可还是不行。直到有一天，我下班回家时，在我们街道附近见到了一间安琪儿花屋，于是我就通过邮局汇款订购康乃馨。这样每天又有人给我送花了。一时我还以为他——我的康儿又出现了。以前他每次给我送花时，都附上一张精美的赠言卡，赠言卡上的字跟现在的一模一样。每当见到赠言卡上那行短短的"祝愿"时，我是多么快乐！可一回到现实，我知道我是在欺骗我自己。

女人在一种深深的哀伤中结束了她的叙述。

这时已是傍晚了，夕阳的余晖透过街道两旁的梧桐枝叶，把女人和瑞雪兆的脸染得红红的。女人的叙述深深打动了瑞雪兆。瑞雪兆蓦地感到眼前的女人就是花，是一朵温馨的花。瑞雪兆对女人说，你以后不要再去邮局汇款了，就让我每天为你送花吧。

女人瞅着瑞雪兆，一时间没有说话。

瑞雪兆又说，试试看，行吗？

女人有些害羞地笑了。

瑞雪兆向女人——花儿求婚的那天，已是一年后的秋天——那是个飘满花香的黄昏。瑞雪兆把一把钥匙交给花儿，说，花儿，嫁给我吧。

　　花儿默默地注视着瑞雪兆。许久许久，花儿才从瑞雪兆手里接过"安琪儿花屋"的钥匙。

小城诗人

○ 何　晓

　　诗神是一个隐士，一般住在大城市里，但偶尔也到偏远的地方旅游或散心。在中国西南部的崇山峻岭中，有一座非常非常古老的小城市，流传着许多奇特的童话、神话和传说，当诗神路过那儿时，就忍不住留宿了一夜。

　　诗神那一晚住在城西嘉陵江畔的一栋旧房屋里。这房屋原是一座大丝绸厂的职工宿舍，因为工厂的工人全是 20 世纪 60 年代从上海迁来的，前两年又全部搬到成都去了，所以，当时那里有大片大片的房屋既没人住又没人管，沿墙的蔷薇花、月季花、夹竹桃便疯长起来，几乎封住了所有的门窗，但诗神还是从两株尚未合拢的夹竹桃之间走进了其中一套，并使之成为诗的世界。

　　月亮升起来，一个影子也从那两株夹竹桃之间伸进了诗神的房间。诗神一眼望去，月光下，一个十五六岁的女孩正坐在房前嘉陵江边一头石牛的背上打瞌睡。

　　女孩家住嘉陵江对岸，因母亲早丧，家境贫寒，初中毕业后就辍学回家，帮助父亲支撑门户、抚养弟弟妹妹。女孩没有本钱没有手艺也没有劳力，除了做农活之外，唯一的赚钱门道就是养蚕。这天，她就是进城来卖茧子的。她多想用卖茧子的钱买本书看啊！可她不能，她用微薄的收入为父亲买了一盒廉价烟，为妹妹买了一双袜子，为弟弟买了一支钢笔，再给家里添置了一口新的大铁锅——旧锅年前就有了裂缝，每次煮猪食都只能添半锅水。等她把这些东西全买齐了才赶出城时，渡口已没有船了。女孩在城里没有亲戚，更没有钱去住旅馆，只得在江边过夜。她太累了，很快就抱着背篓睡着了。但她的影子却醒着，而且进入了诗神的房间。

诗神以她圣洁的光芒沐浴着影子，使影子有了诗的灵魂，能看到女孩看不到的色泽与梦幻。

第二天清晨，当女孩背起背篓要去赶第一班渡船时，影子却再也不愿跟她回乡下去了。女孩在天空泛白时走过柳树林，在朝霞中走过芦苇荡。柳枝和芦苇的影子粘在她湿漉漉的布鞋底子上，但她太匆忙了，根本无暇顾及自己是否带着影子。而她的影子此时却来到小城中心的商场里，挑选了一套时装穿在身上，并在试装镜前反复地走来走去，模仿诗神的神态和语态，直到她确认任何人都不会把她当成那个女孩时，才自信地步入了小城的人流。

影子有诗神赋予的灵魂，她知道什么地方诗的气味最浓，所以，她直接来到了小城的文联大院。她与文联主席谈诗，令主席拍案直呼：神童！神童！主席立即让她执教文联举办的"诗歌创作培训班"。培训班原本只有几个学员，影子来了之后，学员猛增，本地的学员教室里已经坐不下了，外地的学员还在慕名而至。于是，主席决定办函授，以解决学员多、人手少、场地小的问题。

影子的诗首首在小城传诵，那些句子简直就是最直接的大自然的精华，人人都能读懂、人人读后都会惊叹：啊！啊！但那些诗却没有一首是写城市的。人们在读了影子的第三十首诗之后，就开始相互询问：不是说诗来源于生活吗？为什么诗人生活在城里，写的却全是乡村呢？主席也这样问影子。影子说：因为我熟悉乡村、我只能看到乡村呀！于是，主席便以文人的浪漫想象影子能通过街心的草坪看到幽谷的兰花，通过盆栽的水仙看到农家的菜园，通过香甜的米饭看到天边的稻田……主席兴味甚浓，为此特地写了一篇震惊诗坛的评论，并引发了一场全国性的大讨论。

影子从这件事情上认识到：她的诗应该从农村走向小城了。然而，她的灵魂只能提炼那女孩的生活，因为她毕竟只是女孩的影子呀！影子决定到乡下去，利用自己已有的名声和地位，使女孩离开农村，到城里来生活。

影子走出文联大院，招呼了一辆出租车，直奔渡口。途中，她看到原来蹲着石牛的地方，已成了一片废墟，她和诗神相处过的房屋也因为修滨江路而被拆掉了。影子过了河，来到女孩所在的小山村，向路人打听女孩在哪里。人们说到女孩，全都露出鄙夷的神情，像在说一具行尸走肉，就连女孩的父亲和弟弟妹妹也不例外——他们说，女孩前段日子把影子弄丢了，没有影子了，还能算是正常人吗？

影子来到田野里，看到女孩正像农夫一样在赶着牛犁地。已近正午的阳光下，牛、犁头、鞭子都有影子，唯独女孩没有。影子喊了一声女孩。女孩迟疑了一会儿，侧过头，大声对影子说：你走吧，我不会离开这儿的。说完，"嗵"的一声倒下了。就在那一刹那，影子觉得自己飞了起来，飞到了女孩身下，再也无法挣脱。太阳开始偏西，山村的人们拥过来，看到女孩的身下，有一个影子。

不久，那座小城的晚报在头版头条刊发了一个爆炸性新闻：诗人失踪了！

21 号信箱

◯朱成玉

　　万念俱灰的时候，李雄在监狱的图书室里随手翻看一本杂志，被一个署名为叶子的人写的一篇关于幸福的文章吸引住了。文中说："幸福，是一位轻盈飘逸而又神秘莫测的女子，你费尽千辛万苦去追寻，她却如海市蜃楼般忽隐忽现。待你疲惫交加、转身回家的时候，她却在道口对你含羞一笑，盈盈地扑入你的怀中……"

　　他想，这是一个多么灵心慧质的女子啊，把尘世的种种欢乐和悲苦尽收眼底，将它们梳理得次第分明。生活在她那里，似乎就是那些被她切得井井有条的蔬菜，只等着她来烹炒；而她的厨艺，自是好得不得了。李雄看到文章的后面留了地址：A 市邮局 21 号信箱。忽然就有了一种冲动，想把纠结于心中的苦闷向她述说，想在她那里求得一个答案。他竟真的写了封信，鬼使神差般，求狱警按照那个地址邮寄出去。

　　他在信中说："我是一个服刑的犯人，因为自己的一时冲动，打伤了人，悔之晚矣。我是为了我的女友不受别人的欺负而出手打人的，可是让我想不到的是，她竟然在我入狱后另寻了新欢，把我撇得一干二净。人世间，还有什么感情是值得信任的呢……"

　　信寄出一个星期后，李雄惊喜地收到了她的回信。她在回信中说："首先谢谢你对我的信任。我不敢保证能给你什么帮助，但最起码，可以缓解一下你的伤痛……"

他在信中向她倾诉自己的遭遇，而她就像个情感专家一样，帮他分析前前后后的因果，为他指点迷津。他越来越依赖她了。那个神秘的21号信箱，是怎样美丽的一个信箱啊！他想，出狱后一定要第一时间去那里，看看那个美丽的21号信箱。

时间久了，他和她好像掉了个位置，她也开始述说她心底的一些烦恼，而他摇身一变为心理咨询师，开导起她来了。时间在美好的等待里慢慢滑行，他的三年刑期已满。他仔细地数过，这三年里，他和她通的信，一共是36封，平均一个月一封。他把这些信认真收藏好，出狱后，迫不及待地来到A市。

李雄按照她信封上的地址，寻了过去。

入狱之前，李雄做生意存了一些钱，他下决心，要用这些钱做本钱，干点事业出来。他要去做她的肩膀，让她停靠。因为在后来的通信中，他隐隐感到她生活得不是很如意，但始终不知道具体的原因。

在那个小邮局里，李雄一连等了好几天，也不见人来开启那个21号信箱。一颗忐忑不安的心渐渐有些不祥的预感。

终于有一天，一个满头白发的老妇人颤巍巍地走进来，哆哆嗦嗦地拿着一把钥匙，去开21号信箱，取走了里面他写给她的那最后一封信。那封信里，他告诉她，他马上就要出狱了，要开始崭新的生活，希望能够和她一起携手走过人生剩余的时光。这信还没有到她的手里，他的人却已经先到了，这结果确实有点儿令他大跌眼镜。

难道这些日子以来，一直与我通信的都是这老妇人吗？李雄沮丧地想，但是不管怎样，毕竟在那煎熬的日子里，她给了我重新生活的勇气。单单为这一点，也要去感激她。

他向老妇人走过去："请问，您是叶子女士吗？"

老妇人愣了一下，随即回答道："她是我女儿。您找她有事吗？"

"这个……"李雄有些不好意思地挠了挠头，心却变得轻快起来。他指着老妇人手中的信，"这是我写给叶子的信。她为什么不自己亲自来取信呢?"

"原来是你啊。"老妇人显得很惊喜，"说起来，真的要感谢你呢。自从你们之间通了信之后，她整个人变得开朗了很多，不然，我每天都要为她担心呢。"

"哦? 你是说她一直以来都不是很开心，对吗? 她生活得不幸福吗?"

"唉，这孩子，性子太烈，不然就不会发生这场悲剧了。"老妇人说着说着啜泣起来。

老妇人说，叶子和他一样，也是一个服刑的犯人。三年前，因为看不惯别人的霸道行为，替人打抱不平，结果把人伤了。伤者家人不依不饶，死活不肯调解，她只好去服刑。

"看来，她还有一副侠义心肠呢。"他感慨道。

老妇人说："开始的时候，女儿每天都很消沉，因为她想不明白，明明是自己替别人打抱不平，结果却是自己进了监狱。她越想越憋气，为此还大病了一场，一度还有过轻生的念头。我去开导过她好几次，都无济于事。

"女儿平素里喜欢写些文章，也时常会发表。她在邮局设了个信箱，常常会收到一些杂志社寄来的杂志和稿费单之类的东西。入狱后，她叮嘱我，要定期去看看她的信箱。说来也巧，正好那个时候你来了封信。从那以后，她就像换了个人似的，精神头也好多了。"

李雄呆愣在那里。万万没有想到，叶子竟然有着这样的经历。这更坚定了他要做她的肩膀的决心。

"你到底用什么办法让她快乐起来的?"老妇人有些好奇地问道。

"我只是向她倾诉了我的不幸，而她不停地帮我解决难题。就这些。"

老妇人有些疑惑地看着李雄。李雄的心里却很清楚：让一个人快乐的最好的办法，就是让那个人觉得自己有用。

"那么这封信，让我亲自送到叶子手里吧!"

他捧着那封信，如同捧着一颗心，向监狱走去。

完美的椅子完美的人

○荣　荣

　　从前，有一个高明的木匠，他一生做了好多好多的椅子，但是，却从来没有为自己做过一把。等他很老的时候，突然很想为自己也做一把，好好地享受一下。他真的为自己做出了一把世界上最好看最舒服的椅子，但做那把椅子，他太用心了，几乎耗尽了自己所有的力气，最后，椅子做好了，他也死了。

　　一个财主花了很多钱把椅子买回了家。为了炫耀，他迫不及待地办了个家庭宴会，请来了许多人。财主是想为它来个"首坐"仪式呢。

　　可是，等财主在众人面前将他肥硕的屁股放上去时，他和椅子同时大叫起来，财主是"哎呀"一声，而椅子是"你不完美"！叫过之后，椅子不动声色地待在原地，财主却从椅子上弹了出去。"那椅子有刺，那椅子有刺！"他大叫大嚷，生怕有人听不到似的。

　　一干人便在椅子上找开了。找那根刺，还有找椅子说的那句话。可是，哪儿有啊？

　　财主不甘心，他又试着坐了上去。这次他可小心多了，但还是被椅子咬得哎呀哎呀的。椅子呢，在咬人的同时，还是照样大吼一声："你不完美！"

　　别的人也想在椅子上试试，可是，都被椅子咬了一口。

　　这是怎么回事呢？原来，那把椅子由于倾注了那个木匠的所有心血，它便与别的椅子不同了。那把椅子不是随便让人坐的，它可是一把有思想的椅子。

有了思想就有了烦恼，它的烦恼是它不想做一把椅子。木匠把它做成了一把完美的椅子，但再完美的椅子也是给人坐的。它可不想让人坐，除非是做它的木匠或者那个人也像它一样，是一个完美的人。

　　没错，一个完美的人才配得上完美的椅子。

　　这下财主高兴坏了，他捂着隐隐作痛的屁股，心想，我又可以发财了，这可是一把宝贝椅子呀。因为，它会说话，还会咬人。而因为它说的那句话，它被叫做"完美的椅子"。

　　他就办了个展览，广告语是"一把完美的椅子想找一个完美的人"。门票每人10个铜板。谁想坐一下，每一次付一两银子。作为回报，谁能让这把椅子不说"你不完美"，并且不咬他，这椅子就归他了。

　　财主一点也不担心这椅子会被人认了去，这世上哪有完美的人呢？而自认为完美的人却多了去了，他们坐了一次，也许还要坐第二次第三次呢！到时，银子，白花花的银子就哗哗地流进我的腰包里啦。想到这里，他的口水都流出来了。

　　全国各地的人都来了。这些人一路走来，都对这把椅子充满了美好的遐想。他们都以为自己是完美的人，并且带着证明自己完美的各种证据。比如有人带来了证明完美的千人签名，不过，那上面明显有许多重复的名字，还有许多签名是不是真有其人尚难以考证。他们大概是欺侮椅子不识字吧。而那些在当代颇负盛名的文人墨客，带着的是相互之间专事吹捧的所谓完美的文章或诗篇。

　　还有好多人拿着皇帝亲自颁发的牌匾，或诏书，或册封书。那些文字，从字面上都可以理解出"完美"两字来。皇帝是圣人圣口，皇帝说完美的人，区区一把椅子能不认吗？但是，椅子对这些人一概不认账，说"你不完美"！同时，狠狠地咬人家一口。

　　他们中的一些人死不相信自己是不完美的。不过，没关系，他们离开的时候，屁股上受伤很重。走得倒很轻松，因为，那些死沉死沉的金子银子都流进了财主的口袋。

人们流水一样来了又走了，还是不见一个完美的人。

有一天，连皇帝也来了。但皇帝有什么了不起？椅子照样咬了他，照样冲他喊"你不完美"！皇帝很有些下不了台。幸亏他是着便服来的，不便发作，否则，他一定会让手下的人将椅子捅上无数个窟窿。

那么多天折腾下来，那椅子很累很累了。它每天要咬上那么多口，这对于没有嘴没有牙齿的椅子来说，真是难为它了。它累了，几乎想随便找个看着顺眼的人，把自己托付出去算了。

当然，那财主更累，他收钱都来不及。

就在这当口，一个充满好奇的孩子来了。这是一个多么可爱的孩子呀，白净漂亮，看上去又聪明又伶俐。他家并不很富，但是，出于对完美的椅子的好奇，孩子央求父亲让他来试试。

他父亲当然不愿意花那一两银子，更不舍得儿子被椅子咬屁股。孩子呢，只有趁财主和椅子都累得快睡过去时，快速地跑向椅子，坐了上去。

奇迹就这样发生啦，椅子没有叫，也没有咬孩子的屁股。它这是太累了。它从来都不认为孩子是完美的，因为孩子会长大。即使现在是完美的，以后一定也会做这样或那样不完美的事。

围观的人却发出了欢呼声。啊，完美的人，完美的人原来是一个孩子。

财主却急了，他说，那孩子没付银子，不算不算！

但是，完美的椅子实在太讨厌这个财主了，看财主着急的样子，它拿定了主意：就是这个孩子了，我要让这个孩子来做我的主人。

而那孩子在众人的鼓动下，又一次坐了那把椅子。当然，这次他父亲为他付了银子。完美的椅子没有说"你不完美"，当然也没咬孩子的屁股。人群发出了更热烈的欢呼声。

从此，这个孩子便成了这把椅子的主人。

迷 失

○蒋子龙

他曾经那样害怕退休，叫组织处想办法把年龄改小了三岁，声称当初为了参加革命故意把年龄说大了三岁，现在为了革命工作应恢复真实的年龄。发昏当不了死，最后他还是退下来了，当时真应该叫组织处一下子减去十岁！改过来改过去，闹得他自己也搞不清到底哪个年龄是真的，哪个岁数是假的了。

有智者说，一个男人自己感觉有多老，他就是多老。他始终感觉自己没有老，还必须抓住点什么。一个袖珍收音机便成了他的魂儿，一刻也离不开，外出散步举着它，睡觉时把它放在枕边，在家里待着没事也时时刻刻举着它——因为他想听、想看的东西别人不喜欢，别人想听、想看的东西他不喜欢。要想大家相安无事，他只有抱着自己的收音机。

百听不厌是新闻，没有新闻听其他什么都行，只要有声音。有时没有声音也行，只要举着收音机，就说明他还活得有生气，别人还知道他关心这个世界，跟这个世界还有联系。

他认为自己还没有老的另一个根据是肝火旺盛。人老了性子都会变绵软，变油滑，谁会说一个敢怒敢骂、能吵能闹的人老了呢？他在自由市场跟卖菜的个体户吵架："你知道我是谁吗？"

"你就是皇上二大爷还能给我咬下去一块吗？"

他气得浑身哆嗦，打电话叫公安局把个体户抓起来。公安局来人反倒把他送回了家。

他甚至正在丧失生存所需要的智力和体力，却自以为眼睛还能看出许多问题，有太多的想法要说出来，但没有人愿意听他说话，于是他就发脾气，生闷气。

有一天，他气哼哼地举着收音机，选自己喜欢的路走下去了。到中午他想回家吃饭，却不知自己身在何处，没有记住来的时候拐了多少弯、经过了多少岔道口。他有雷打不动的午睡习惯，只好选个背风向阳的道坡搂着收音机先睡一觉再说。

到了晚上还不见他回来，家里人着急了，老伴找到他原来工作的单位。单位很重视，立刻到电视台登《寻人启事》，决定第一天晚上播四次，每隔半小时一次。第二天播四次。第三天，中午、晚上各一次。如果还找不到人就继续播下去。其实当天晚上 10 点多钟，一个好心的农民就把他送回来了。他进门的时候，电视上正播放寻他的启事，还配有一张他的标准像。

他问："这又是谁死了？"

老伴没好气："这是《寻人启事》，30 秒钟 250 块！"

他说："这老家伙真够呛，都不认识路了，还跑出去干什么？"

老伴："你仔细看看那是谁？"

他勃然大怒："混蛋，这是谁的主意？这不是成心寒碜我吗！让全市的人都知道我是不认识路的老糊涂、老痴呆……我只是散步迷了路，怎么能说是走失？"

寻他的"启事"按原计划在电视上播放了 3 天。他成了家喻户晓的老年痴呆症患者。单位老干部处的一个人说："反正钱也交了，不播白不播，多播几次没坏处，再走丢了就省事了。"

他不再出去管闲事了，也很少说话，偶尔只跟收音机嘟囔几句……

意　外

○宗利华

男人听到有人喊，回头，原来是妻子。

男人问："你来干吗？"女人把答案扔回来："那你来干吗？"相对无语。"我知道你会来这里。"女人说，"也许，还能想想别的办法。"男人笑："去偷？去抢？"女人也笑。男人看着妻子："你回去吧。"女人说："反正来了，我也抽一点儿。"男人吼："叫你回你就回！喊！就你这身板儿？"女人很委屈："一次两次死不了人的！""你说这叫什么事儿？"男人愤愤不平。女人温柔地喊了男人的名字："我知道啥意思。可这不都是为了闺女吗？""总不能她要天上的星，你也去摘一颗？"女人嗔男人一眼。

男人转身进屋，女人站到窗子外，隔着玻璃，看着男人挽起袖子，将胳膊伸进一个窗口。里面有一只手捏着根针管，扎进男人的胳膊。一根塑料管里的颜色一会儿就深了。女人扭回头，看院子里的树呀，草呀，还有花儿。

男人捏着几张钱走出来。女人什么话也没说，往里走。男人看她背影一眼，蹲下，摸出烟来抽。不一会儿，女人出来，手里也捏着几张钱。男人把钱递过去，两份钱加在一起，攥在女人手心。

到大门口，男人说："你坐车走，我溜达回去。"

女人回答："走走吧，又不远。"

路其实挺远，得穿越好几条街道。在一条街上，女人差点被车撞倒。

她站在路中间，不知所措。司机摇下玻璃，恶狠狠地骂。男人奔回来，抓着女人的手，让车过去，才一起走。

他们进了一栋楼房。开门。男人先去找水喝。女人径直走进一个房间。床上躺着一个女孩，正在看书。四面墙上，贴满一个歌星的图片。女孩鱼跃而起："妈，你们去哪儿了？都快饿死了。"女人满脸笑："我这就去做饭。"说罢，从兜里掏出那沓钞票："你说那门票多少钱？"

女孩"哇噻"一声，跑过来，冲女人脸上亲一口。随后，说出个数字。女人数一数那沓钞票，似乎还剩一张。她犹豫一下，一并折叠起来，塞到女孩手里。女孩看女人出了屋，跑到墙边，给图片上那张灿烂笑着的脸一个吻。

女孩匆匆吃几口饭，出了门。一到马路边，挥手拦下辆出租车。她房间里到处贴满的那个歌星要在体育场举办个人演唱会。可是，票已经卖完。女孩在一部公用电话旁拨打了好几个电话，获得一个让她兴奋的消息，可以弄到票，不过，价格会高一点儿。女孩最后一个电话拨给家里，告诉爸爸妈妈，她不回去吃晚饭。

接下来的几个小时，女孩就站在体育场门口。期间，她拥有了一张票，一根荧光棒，还有一束花捧在怀里。终于，检票入场。女孩跟许多年龄差不多的男孩女孩蜂拥而入。她的位置并不特别好，离舞台有好远一段距离。中间有条走廊，可以直通舞台。

歌星出现了，全场沸腾。口哨声、欢呼声，此起彼伏。女孩的声音夹杂其中。她大声喊："我爱你！"歌星的头发一半红一半蓝，下身是条筒裙。音乐声起，那头花花绿绿的长发飘扬起来。这是歌星的主打歌，所有人显然都很熟悉，他们一起大声唱，向一个方向挥手，歌星不时把话筒伸向观众。

后来，媒体大篇幅报道了那个意外事件。

在演唱会快要结束的时候，那歌星居然提着裙角沿着那条走廊跑下舞台。女孩看上去呼吸急促。她几次想跑上舞台献花，都被保安拦住。此时，歌星离她越来越近。她耳边的声音已经变成呼啸。估计她听不到这些声音，她的眼睛闪闪发亮，她开始向歌星身边靠拢，好多人捧着花围上去。

就在她离歌星差不多有两米远的时候，场面变得无法控制！

歌星身边出现了几名保安，几个戴墨镜的人。他们要把歌星护送回舞台。可人越挤越多，根本无法挪动。女孩夹杂其中，双脚时而触地，时而悬空。那束花一开始还举在手上，一忽儿不见了。一个戴墨镜的先生伸手推了她一把，很准确地推到她的胸部！

女孩倒在了人群中！

现场的声音嘈杂无比，能听到有女孩子的哭泣声、尖叫声。在一条条慌乱移动的腿之间，有几张恐惧的脸。她们在喊着什么，没人听到。无数只脚踩在倒下的人背上、胳膊上、头上……

男人和女人拼命往医院跑！

他们的脚步声在医院门厅、走廊间冲来撞去。

这是第二天早上的事儿。他们在住院部一个病房一个病房地找女儿。最后，找到了。一个医生立刻抓住男人的手："你们来就好了，她需要马上输血！"

话音还没落，男人已经挽起袖子来。

历史追踪仪

○朱雅娟

2046 年，朱小小博士终于研发出了整个人类社会最伟大的成果。这一研究成果耗费了朱小小祖孙三代人毕生心血。但令人振奋的是，他们终于成功了。这一天，全世界的所有新闻传媒都在报道同一件事，全世界的人民都在议论同一件事：名不见经传的朱小小博士发明了能够追踪光波的历史追踪仪！记者招待会上，朱小小博士激动得语无伦次，但从他磕磕巴巴的讲述中，人家还是听清楚弄明白了这一划时代的伟大发明。

朱小小博士说，我们知道人类的活动都会产生光波，而这些光波都毫无例外地射向浩瀚无际的宇宙。如果我们能够跟踪这些光波，并通过高科技的手段将之分离，我们就会重温人类几十万年来的历史。

有记者举手发问，人类历史上有那么多人那么多事，每个人每件事都会产生光波，在如此庞杂的光波中，如何能追踪到您所需要的那些光波？

朱小小博士说，嗯，这正是我们攻克的又一大难关。我们的追踪仪可以准确测算出光波产生的年代。更令人高兴的是，众多科学家研究的基因课题给了我们极大的帮助。我们只需找到所要追踪的历史人物的任何一个有着哪怕一点点血缘关系的后代，把他的基因码输入仪器，让磁波追踪到相关历史时间后再启动输入基因码的搜索引擎，就可以轻松找到想要找到的历史人物，并全过程记录他的生老病死。比如说我朱小小是明太祖朱元璋的第三十八代传人，只要把我的基因码输入这台历史追踪仪，让磁波追踪到公元 14 世纪，就可以轻松找到朱元璋，我们就可以知道朱元璋到底有没有当过和尚……至于追踪地域就更简单了，比如南京大屠杀的实况，我们可以直接让历史追踪仪追踪 1937 年的南京城。朱小小博士还表示，他将不遗余力提高磁波速度，争取磁波与光波的速度比达到 100000∶1 甚至更高，以保证几天就可以完成追踪几千年前历史的工作。

最后，朱小小博士在屏幕上播放了他花了一个多月时间追踪到的南京大屠杀场景的片断……

血腥的屠杀场面让每个人都义愤填膺，在场的每一个人都激动地说，真是伟大的成就，有了这个历史追踪仪，我们可以还原历史的本来面貌，丑恶将无法遁形并且将在最大程度上受到扼制。记者招待会圆满成功。

从此，朱小小博士每天都会接待许多来访者，有纪委的，历史研究所的，红学研究会的，还有古董商什么的。那些怀疑老公老婆有外遇的，也都排了长队。与此同时，许多人也在抱怨因为历史追踪仪隐私毫无安全可言。朱小小不断接到来自社会各界甚至世界各地的恐吓信和恐吓电话，出门有人当面朝他吐口水，背后冲他扔砖头。报业传媒都在进行"历史追踪仪是不是骗局"的拉锯战、口水战。就在朱小小天真地决定成批量投入仪器生产来保证自己的科研时间时，一把突如其来的大火让朱小小的全部财产及历史追踪仪付之一炬。

对于这个结局，朱小小看不出有多难过。据他自己说，其实早在祖父潜心研究这一仪器的时候，他就说过一句话：水至清则无鱼。朱小小的儿子朱晓晓跟着朱小小学到了一点皮毛，他也研制了一台机器，是用来给人相面的，据说还能预知祸福。凭借儿子的这个发明，朱小小才衣食无忧，令人百思不得其解的是，这一点倒让朱小小伤心了很久。

刺 秦

○张俊杰

我不怕死，我的命不值钱，我只是个卖艺的。

但现在死去着实不甘，我奢望过几天朱门酒肉、笙歌曼舞的日子，那样死而无憾。

机会很快来了。那是一个阳光明媚的冬日，我光着膀子在蓟城街上舞剑。那天观众的心情很好，喝彩声不断，我也舞得无比卖力，劈、刺、点、撩、抹、穿、挑、截、扫，剑走龙蛇，行云流水，如一朵盛开的白牡丹。观众中有一个人，白皙微髭，满眼忧虑，形容却有点猥琐。他说他寻找我很久了，是田光先生向他举荐了我。这个人就是燕太子丹。从此我的人生改变了，我过上了上层人的生活，住豪华公馆，食美味佳肴，赏珍奇玩物，阅天下美色。

太子丹对我无比客气。他被我那天的剑术蒙住了，说我是稀有的剑客，拜我为上卿，这让其他人眼红。一天，他派人请我到他宫中，金樽清酒、玉盘珍馐，席间还招来一位女子弹琴。那女子端庄优雅，技艺娴熟。一双手白皙如柔荑，十指纤纤灵动，指甲上蔻丹鲜红耀眼，弹奏起来如一群蝴蝶在飞舞。这是我见过的最美的手，多美的手啊！我禁不住赞叹。席后太子丹让人奉上一份礼物，揭下红布竟是一双滴血的手，十指还微微颤动，鲜红的蔻丹直逼我的眼睛。还好我控制住脸上的表情，尽量波澜不惊。受大礼必当效大力，我知道我成了太子丹捻在手中的一枚棋子。

众人皆说太子丹器重我，待我为上宾，不惜斩断美人的手讨好我。我知道太子丹是在向我示威，让我知道他的厉害，违逆他必是死路一条。太子丹很高明，他迷惑了众人，包括和我无话不谈的琴师高渐离。

处境将我逼上绝路，用生命报效太子丹是迟早的事。

不久，秦将王翦的军队打到燕国南界。太子丹坐不住了，委婉地向我下达了坚决的命令——刺秦。这早在我预料之中。我胸有成竹，现场给他分析了当前形势：行而无信，难以亲近嬴政。我还向他说出了一个人的名字——樊於期。樊於期原是嬴政手下的将领，后来得罪嬴政逃到燕国避难，他的头是最好的信物。太子丹听后流着泪陈述苦衷，樊於期在走投无路时来投靠他，他不忍心用樊於期的人头，让我另想办法。尽管太子丹一脸忧愁，双眼悲戚，但我还是看出破绽——他在表演。他了解我，一定想到了我私会樊於期，他并没有采取保护措施。我轻而易举地就得到了樊於期的头颅，他知道后没有生气，只是痛哭，还亲自替我收拾好装进匣子。太子的演技很高明，几滴眼泪就蒙住了所有的人，当然除我之外。

太子丹入戏了我必须配合，否则我只有死路一条。但我没有马上动身。尽管太子已为我准备好匕首，那匕首已在毒药中淬过火，见血封喉三步必亡；尽管他还为我找好助手，就是人尽皆知的 12 岁能杀人的秦舞阳。秦舞阳徒有虚名，根本不配做刺客，但我不能揭穿他，带着他对我有用。也该动身了，樊於期的头颅已经开始腐烂。可我还是稍稍忤逆了一下太子丹的旨意，只有这时我才敢忤逆他，换其他时候我早没命了。太子丹果然着急了，跑过来催我。我平生第一次也是唯一一次对他发怒了，我胸有韬略而又义愤填膺地怒叱他说：难道嬴政的朝堂是我的家，想进去就进去想出来就出来；行大事需有大略，我在等一位朋友，既然太子嫌我晚了，我马上就动身。众人听完，都称赞我大智大勇。

"吾客"不到就不等了，怒叱完太子我必须出发。那天阴风凄厉，易水悲流，送行者皆白衣白帽，目落泪，怒发冲冠，恨不得亲自替我去刺秦。出发的时辰到了，我大义凛然，视死如归，马鞭一响，绝尘而去。上车前，我又看了高渐离一眼，他眼里更是无限向往。渐离兄，别让我害了你。那一刻，我仿佛在渐离眼中看到了他几年后的悲剧。唉，他怎么就不了解我呢？这也难怪，除我之外，谁敢去刺秦？

结果是大家都知道的，我没能杀死嬴政，秦舞阳更熊包。临死前我抓住最后的机会，对着嬴政慷慨陈词，我说我没能成功是想生劫你，让你立下契约永不进犯燕国。这句话是说给嬴政听的，也是说给秦国的大臣们听的，更是说给史官听的。就我的本事，这样的人生谢幕简直再完美不过。

我只是一个平凡人，我不是一块刺客的料。我卖艺出身，最擅长表演，我演的是一场回报太子丹的戏，更是一场让我彪炳史册的戏。我的失败也不是"待吾客与俱"，我没等什么人，那个时代也根本没有能杀死秦王的刺客。

受伤的鹿

〇扎·贺西格图

  我不该打那头受伤的鹿，但是，我被欲望所操控，搂动了扳机。

  "砰！"滚烫的子弹从枪管里飞出去，那头鹿就倒下了。四周静得让我心慌，这时我听到"哞哞"的哀叫声。我激动地跑过去，看见被我射中的是一头成年母鹿，乳头涨得通红，奶头里白色的奶流出来，渗进焦黑的土地里。她的眼睛里布满惊恐，这惊恐的眼光穿透了我，"当啷"一声落在后面的白桦树干上。我看见鹿的一条后腿断了，耷拉着蹄子，只有皮毛相连。鹿的另外那条后腿也在流血，显然曾被别的猛兽咬伤过。

  我上了一颗子弹，端起枪瞄准这头受伤的鹿。突然，枪的准星里我看见一个女人，女人身后站着一个小孩。我被眼前出现的景象迷糊住了，我不敢相信看到的这些。放下枪，定一下神，睁大眼睛仔细看，没看错，是鹿，是我刚才射中的鹿。看她痛苦的样子，我又一次举起枪，想一枪结束它的痛苦。当我瞄准它时，枪的准星里还是出现了那对母子。

  我再次放下枪，揉了揉眼睛，望过去。面前确实是一头鹿，她奄奄一息，躺在那里。"好啦，别浪费子弹。"我说着拔出了腰间的猎刀，向受伤的鹿靠去。

  突然，一阵风迎面吹来，一片白桦树叶划了一下我的眼睛，顿时，我眼前一片黑，一股热乎乎的液体，顺着面颊流淌。我把刀扔在地上，用手捂住眼睛。那股液体流进我的嘴里，满嘴是咸涩，我意识到这是血。我睁开左眼，扫了一眼前方，只见一个女人躺在血泊中，嘴里不停地唤着一个名字。我脑袋里"咣当"了一声，恐惧便驻留在脑海里。难道我真的把一个女人当成鹿射死了吗？她身后的小孩爬过来，扒开母亲的前襟吃奶，孩子脸上露出天真的微笑。

"别睡，别睡。"

"他要睡了，不能让他睡。"

"嘎桑，嘎桑。"

人们在喊我的名字，我的眼前又出现那头鹿，还有那个女人和孩子。我奋力往前移动脚步，我的手快要摸到那个女人和小孩，可她们"腾"地躲开，跑出二十多步远。我支持不住自己的身子，摔倒在鹿的旁边。我的手摸到那只小鹿刚吃过的热乎乎的奶头。

"嘎桑，嘎桑！"人们在喊我。

我想说："不要救我，我活不了，我造孽了！"

"他怎么弄成这样的？"医生问。

"不知道。"护士回答。

"他的家人呢？"

"在外面。"

"把病情告诉给他们，马上下病危通知书。"

医院的过道里乱糟糟的，护士出去了。"在山里，躺了七天七夜，居然能活着，多强的生命力啊！"有人在说。

"谁看见了？"

"送他回家的那个女人说的。"

人们谈起了那个女人。她是被我打伤的，可那个女人却把我从山上背回来了，我慢慢地回想。是的，当时她跳起萨满舞为我祈祷。她不停地跟我说话："你为啥射杀那头鹿呢？你好傻啊！你怎么就不看清呢？"她说着，擦干我的血迹，用嘴吸出了那颗子弹。她把我走火的猎枪扔出去，接着跳萨满舞，嘴里咏唱祷告词："我那法力无边的苍生天啊，请把神圣的力量传授于我吧。我那法力无边的苍生天啊，请让我拯救这个可怜的生命吧。我那法力无边的苍生天啊，请把神圣的力量传授于我吧。嗡啊，喷啊——"我听到了她的颂词，我听到那个月亮鼓的"砰砰"声，昏沉而磁性的颂词，变成一道道光束刺进我的身体。

"那个女人没说什么吗？"

"说了，她说会醒过来的。然后，转眼间不见了。"

"她亲口对你说的？"

"是啊，她的腿和手臂也伤着。"

"还有这种奇怪的事。"护士和我家人在过道里聊。

我对他们说："别救我，就让我死吧。"他们却好像听不到我的声音。

"是自己的枪走了火，打中了右眼。"

"他还有救吗？"

"不知道，这就看他的造化了。"

"会不会变成植物人？"

"有可能。"

我想起了那天的情景，现在想想，她就是传说中的乌达根，是苍生天的代言人，是我们祖先的智慧神。她跳着萨满舞，不停地哼着祈祷词。月亮鼓响个不停，森林里所有的动物竖起耳朵，听那美妙的颂词。颂词带着光环刺进我的身体。"我的孩子啊，你醒来吧，睁开你的眼睛吧，苍天饶恕了你的罪过，赐你新的生命。我的孩子啊，你快醒过来，睁开眼睛看吧，那是苍天恩赐给你的新的眼睛。我那法力无边的苍生天啊，凭借着您的法力，我把他救活；凭借着您的智慧，我会把他驯化好。我那法力无边的苍生天啊，快把智慧之根赋予他吧。"乌达根跳着萨满舞，唱着祈祷词，月亮鼓的声音在森林里回旋。

当我睁开眼睛的时候，已经是夜深人静。我透过玻璃，看到有一只受伤的鹿站在病房的门前，它那忧伤的眼睛在流泪。它好像在说："孩子啊，你快好起来，然后跟我走吧。"

　　受伤的鹿在前面，我在后面。病床上我的躯体看上去那么安静，脸上泛起幸福的光泽。

别跟我提炒股

○许　锋

　　想聊天儿的几个朋友都以最快速度赶到了目的地。握手，问候。进的是火锅店，点的是火锅，一人一锅，不是大锅，是小锅。等锅等菜时，开始聊了。这几个步骤不是按部就班的，没什么层次区分，交替进行。

　　开始聊了——这个时代，聊什么呢? A 说，我去年买的那套房，上个月出手了。之前，有人 65 万要买，我没卖，我一定要等到 68 万。果不其然，我真就 68 万卖了。她的那房，我知道，买时是 30 万，到现在不足一年，她的投资回报率是 100% 还多。她说，我现在有钱了，我准备进攻股市了。好啊，好。大家说。B 前年一口气按揭了三套房，都放租了，按照现在这行情，也差不了。果然，B 说，我交了首付后，就没再给银行交过钱，都是房客替我交的。房客的钱交给银行，还有剩余的，够我零花了。不过现在我想卖掉两套，一套够我把另外一套的余款交清，另一套我准备砸进股市。好啊，好。该 C 汇报思想了。C 说，我现在已经在炒股了，去年年底投了 20 万，现在股票市值为 60 万。乖乖，投资回报率达到了200%。该我说了。我说，我有几万块钱存在银行里……立马，一桌子的惊讶砸在火锅里，溅起朵朵油花——你存银行，利息低不说，还要上税，不划算。如今物价飞涨，你的钱等于一天天在贬值，你要学会理财……

　　我招呼大家，来，开锅了，吃，吃。

　　吃着，喝着，聊着。

聊什么呢？还能有什么，股票！谈到股票，谈到钱，大家就像拉家常似的，一点儿也不怕隔墙有耳，这和二十年前冒出个万元户可不一样。那时，谁要是万元户，准是个新闻人物，准会提心吊胆，准会藏着掖着。如今，桌边这几位，超过百万了，一点发家的感觉都没有。那心理素质，没说的。

我嘿嘿笑了。桌子上空虽然雾气升腾，但我的笑还是被大家捕捉到了。你笑什么？我往嘴里塞了一块滚烫的肥牛，肥牛的温度超过我口腔的温度好几倍，我不得不张大嘴含糊地说，没笑什么。你到底笑什么呀？肥牛终于被我强行吞了下去，在食道里落寞地旅行去了。我长出了口气，你们可都是百万富翁了。喊——百万算什么，刚起步！全桌人，除了我，异口同声。我觉悟低了。

我讪笑道，是啊，刚起步，刚起步。

我也要炒股！我炒不起房。我把房子押了出去，又取出了全部存款，把它们全部投入了股市。我不想多赚，"刚起步"就行。没几天，我买的"666666"和"888888"就几个涨停，天，股票市值130万！我心花怒放。这样下去，什么"刚起步"，要迈开大步奔富裕了。我的目标是200万。200万算什么，也就是万里长征刚翻过了一个小山包。

有了雄厚的物质基础，我想到外面散散心，工作太紧张了，得适当放松一下。去哪里呢？得有点创意。我一拍脑袋——月球——那地方没人，安静。我报名参加了"约会嫦娥"旅行团，路费是贵了点儿，但我有钱，时间也长了点儿，半年。但这都不是问题。

半年后，我荣归地球。我胜券在握地打开股票账户，惊讶地发现股票市值为"0"。我不相信，迅速浏览了这半年发生的新闻，才知道我去月球后不久，地球流行股市综合征。那病是新病，没有特效药，只能保守治疗，症状就一个，恶心，跟得了肝炎似的。股民把钱都从股市上抽回来治病去了。如今股票实行会员和派送制，你得求着股民要，要的人多，你品牌的市场占有率就大。但不是那么容易送出去的，街上派传单的，老受人白眼。

我和朋友们联系，怎么办？他们说，别跟我提炒股！恶心。

我原来不恶心，但大家都恶心，我不恶心过意不去。银行的人来收我的房子，我哇地吐了他们一身。他们不恼，说，吐吧，吐了心里会舒服一点儿。

时 空

○展 静

最近，快四十的大王似乎心理出现了问题，或者说是精神出了问题。比如，自己熟悉的生活了几十年的街道突然有点儿陌生起来，有了陌生感；而到了一个新城市，那街道似乎什么时候到过一样，有点儿熟悉感。比如，看似很熟悉的人猛地一见面却叫不出名字来，"你好你好"很尴尬；而三十年前小学同学的名字却偶然会蹦出来。再比如：梦中的情人或者说过去的相好，在梦中出现以后，过几天，在现实生活中就会出现，碰到。而现实生活中的爱妻，确确实实的爱妻，却很少到梦中，一二十年都不到梦中。前一阵，爱妻偶然到了梦中，却是白天吵架的回放。

大王想，这可能就是所谓的大脑时空扭曲。大王想来想去，可能根子在这个女人身上。

初中时，大王边上坐了一位女同学，长相不是最漂亮的，成绩不算最好的，但整个人却有一种吸引人的魅力，一种女人少有的沉着平静的魅力。初中的男女同学喜欢喊喊叫叫，唱唱跳跳，但她总是双手斜插在上衣口袋里，平静沉着地看着他们，有时嘴角咧一下笑一下。大王看着她那沉着平静的双眼和脸庞，心里也安静下来。大王确信，只有他才能深刻感受到体会到这种魅力。别的男同学眼里只有"最"，或者是歌星明星。大王觉得她的魅力超过"最"，超过歌星明星。

其实也没什么，大王就是对她有好感。女人天生敏感，对大王也有好感。男女之事是互相的。两人心理上的波段和生理上的频率合拍了，对上了，在默默地交流。两人从对方的眼神和身体发出的信息，知道双方互有好感。

两人只是有好感而已，并没有深交的意思，这也许是性格使然，也许是年龄、前途、事业、社会、家庭等等太多的束缚，不允许他们深交。初中三年，以后考高中，大王考上一个高中，她考上另一个高中，两人被命运分开了。以后，大王在路上和她碰到过两三次，点点头，简短地说几句话，或笑一下，双方觉得关系更深了一层。这只是更增加了一份惆怅和思念。大王有几次在想象中和她交谈。这种断断续续的交谈有越谈越深之意。他相信，她也会在想象中和他交谈。再以后，她考上了一个外地大学，大王在本地上大学。十几年过去了，两人中间见过几次。

前天，也就是大大大前天梦到她以后，他和她在路上碰到。这是几年后第一次碰到，两人一震。他就约她去喝茶。两人坐在茶馆，慢慢品茗，清淡而有味的茶，长喝不腻。她还是那样沉着平静，双眸平静得像无涟漪的湖水，清澈又安静，只是眼神深处有风霜风浪的痕迹。他和她就简单交谈了一下，诸如工作、家庭、孩子等日常琐事。双方都知道，两人家庭都很好，都很幸福。

但是双方都清楚，这二十多年，双方都没有忘记对方，而且思念和年龄增长一样，越来越深。也不知为什么，少男少女种下的种子，在无形中慢慢长大，长得很高很大了。这是双方浇灌的结果。两人都觉得心理上离不了对方。但两人不愿深谈，只是泛泛而谈，也许两人怕深谈深交，怕失去这种淡淡有味的清香和韵致。仅十几二十分钟，因两人有事，就分手了。走时，双方也没互相留要电话号码。只是说再见，再见，总是要再见的，不管是在现实还是在想象中。

看着她离去的背影，大王心里悠忽飘过一丝想法，也许这二十多年来根本就是自己的一种想象，是自己的一种心理时空扭曲……

咖啡厅里的闲聊

○韩石山

一个雪天的午后，在城南办完事，本来该回家的，路过市中心时，心烦意乱，便下了出租车，信步往前走去。路旁一家咖啡店，正好身上有他们的会员卡，记得卡上还有点钱，何不在此消磨一会儿时光呢？这念头刚浮上心头，身子已进了温暖的大厅。拣了个临窗的座位坐下，要了杯咖啡，慢慢地啜着。斜对面，一个中年妇女，大概是嫌她那儿的座位太暗了吧，也想欣赏窗外的雪景，端着手里的饮料踱过来，客气地说，先生在等人吗？我说不是，她就坐了下来。

或许是里外的温差太大吧，大厅里弥漫着一种似烟非烟、似雾非雾的热气，以致更前面的空处，那架白色的钢琴，像是浮在海上的一艘帆船。无人弹奏，大厅里却回荡着缠绵的歌声，细听之下，方知是音箱里放出来的。最让人销魂的是，放的竟是邓丽君的歌儿："不知道为了什么，忧愁它围绕着我……"

这天气，这场合，这歌声，这……瞟了一眼坐在对面的妇人，不由倒抽了一口冷气——哪是什么中年妇女，分明是一位老妇人。似乎感觉到了我的失望，她歉然地一笑，只有这一笑之中，还能看出她当年的风采，平日的教养，还有心地的良善。

闲聊了几句，不知为什么，我忽然对她的身世感了兴趣，她似乎不在意我的唐突，也就慢慢地说了起来。她说她是本省某地人，上世纪60年代初来到这座城市，在中学教语文也教音乐，两年前退休了，老伴儿去世多年，子女都不在身边。

噢，无聊了来这儿消磨时光？我说。

不，我是等个人来，他刚来过电话，又说出不来了。

这个"出"字大有讲究。我寻思着，一面漫不经心地问：什么人？

别说什么人了，是个先生吧。

看她不像是绝口不谈，我便追问，是不是情人。她呵呵地笑了，说这个词儿已不适合他们这样年纪的人了，只可说感情聊胜于无吧。说罢轻轻地喟叹一声，似有无以言表的隐忧。待我再次追问时，就无所顾忌地说开了。

"一个负心人！"她说，她刚分配到这座城市，孤单一人，有个年轻男子对她很是关照，过了一段时间，就开始谈婚论嫁了。正在这个时候，"文化大革命"开始了，她父亲是资本家，那男子退缩了。而这时，她已怀上他的孩子，无奈之下，只好回到老家做掉。再回来，那男子有了新欢，很快就结婚生子。当年，她对他真的恨透了，觉得自己真是不幸，怎么一踏入社会就遇上这么个卑劣的小人。

现在呢？我问。

不是现在，我早就原谅了他。在我丈夫去世前，我们就恢复了来往，常在一起。她神秘地笑笑，又赶紧补充一句，也就是吃吃饭，聊聊天儿。接下来问我：你呢，退休了吗？我说退休在即，了无牵挂。没想到的是，她接下来问了一句：有情人吗？

我说，我是个势利之徒，一生只注重事业与声名，不是没有爱过别的女人，最后总是我辜负了她们，到如今后悔莫及，真应了苏东坡的话：心似已灰之木，身如不系之舟。问汝平生功业，黄州惠州儋州。我没有到过那么远的地方，只可说蒲州霍州并州了。

那，你是晋南人了。

是的，我这一辈子，就跟判了流刑一样，蒲州、霍州、并州，一步一步的，越发落越远了。

小兄弟，我忠告你一句，如果你先前有过相爱的女人，你曾经辜负过她，不要紧，就是伤害过她，也不要紧，你有一点表示，她们还会回到你的身边。在一起坐坐，聊聊，不也很好吗？只要年轻时有过一段真情。女人是最不记仇的，尤其是到了都老了的时候。

是吗？我似懂非懂。

在这上头，女人和男人是不一样的。她加重了语气说。

这话让我羞愧，也让我醒悟，不由得低头默想，此去是不是该收拾旧部，重整河山？忽然觉得怠慢了这位大姐，抬头看时，人已不见了，只有茶几上不知什么时候新添了一杯咖啡（想来是她为那位出不来的人先要下的），热气袅袅，似乎在倾诉着什么。那边又传来了邓丽君的歌声：

"不知道为了什么，忧愁它围绕着我……"

阴影与阳光

○徐慧芬

14 岁的中学生小蒙觉得自己这几天倒霉透了。前天，因为出黑板报的缘故，他是最后一个离校的学生。黑板报出到一半，突然他想看看高年级的黑板报出得怎么样，取取经。但是人家教室的门已经锁上了。于是他从自己教室里搬了一张凳子。人站在凳子上，高了。这样他就可以通过墙上的气窗，看到人家教室的黑板报。正在他脸贴玻璃专心张望的时候，值班老师走了过来，有点狐疑地问了他一番后，就赶他回家。巧的是，这天夜里，这一层的办公室遭窃。所有老师的抽屉都被翻动，连零星小钱也都被搜走。

这样，作为最后一个离校又有点古怪行动的学生，就有理由被唤到教务处谈话。虽然班主任和熟悉他的任课老师全部担保他是个品学兼优的学生，但是从教务处出来的小蒙仍忍不住掉了眼泪，因为班上竟有不明真相的同学，用一种陌生的眼光打量他，其中包括和他挺好的同学。

今天的事更是倒霉了。小蒙向妈妈哭诉今天的遭遇。他放学回家途经一个专卖复习参考资料的书屋，买了两本书后，刚准备跨上自行车时，迎面一辆卡车上突然滚下来一只大纸箱。纸箱破了，里面的儿童玩具散落一地。待车上司机发现，将车停下来时，周围已有人趁机捡了便宜溜走了。他看司机挺急，就帮着司机把玩具一一捡起装进箱子里。好事做完后，他的自行车却不见了！那是才买了不久的新车啊！

"好心没好报！小偷太坏了！呜呜呜……"小蒙边说边哭，眼泪越流越多。

"哭什么？哭了车子能回来吗？以后一定要接受教训。俗话说，各人自扫门前雪，莫管他人瓦上霜。这话是有一定道理的。妈妈不是要你做个自私的人，问题是现在风气坏，人心不古，所以要学会保护自己，不要多管闲事，免得招惹是非……"小蒙的妈妈唠唠叨叨，边劝边教训儿子。

"你在培养儿子朝自私发展吗？"小蒙的爸爸从外面踏进门听到妻子的话，打趣道。

"你倒还有心情说笑话，你儿子前天为班级做事，被人疑心当贼；今天做好事，被贼偷了车！"小蒙的妈妈把儿子今天的遭遇愤然说给丈夫听，一旁的小蒙哭得更厉害了。

"噢，是这样。儿子，你的运气确实太坏了！爸爸今天的运气倒好。刚才碰上了一个大好人。我去摄影社取照片，取完照片，回来路上觉得今天天挺热的，正好有个人用自行车推着两袋西瓜在卖。我挑了一个，过了秤，正好 10 元钱，我付了钱，骑上车走了。

"骑了大约 20 米，忽听背后有人在叫。我回头一看，那个卖西瓜的骑着沉重的车子朝我追来，对我招手，叫我停下。我停了车。原来我是错将百元大钞当成 10 元票给了他，他是来追还我 90 元钱的！

"儿子，你想想看，他要还，等我找上来也不迟；他也完全可以赖掉，因为我没有凭证；他还可以发现此事后马上溜走，那就不会引起任何纠葛。现在他却冒着烈日，踩着笨重的车子一路追来。为什么要这么做呢？是他的良心！是他做人的道德！谁说这世上没有好人！要不，今天这个瓜就太贵了！"

父亲拍了拍刚买来的西瓜，又拍了拍儿子的头，边叙边议。儿子停止抽泣，听得很专注。

不错，小蒙的爸爸是取了照片回来路上买了西瓜。但是，关于 10 元与 100 元的故事，是他的虚构。作家与父亲的双重责任，让他编了个美丽的故事。他深深懂得，此刻，这个 14 岁的少年的心里，太需要阳光。

爷爷的枪

○马新亭

　　我是爷爷的一条尾巴，爷爷走到哪儿我跟到哪儿。我感觉爷爷是天下最让我着迷的人。因为我像所有的小男孩一样喜欢枪。而爷爷也喜欢枪，爷爷总是变戏法似的给我弄来好多"枪"。

　　爷爷不但喜欢枪还会造枪。他有时用木棍给我造枪，长的、短的，背着的、挎着的。他有时用各种农作物秆给我造枪，手枪、步枪、冲锋枪、机关枪……五花八门，应有尽有。

　　我问爷爷，你小时候喜欢枪吗，爷爷？

　　爷爷说，喜欢啊。

　　我问，你为什么喜欢枪？

　　爷爷诘问我，你为什么喜欢枪啊？

　　我说，我觉得好玩。

　　爷爷笑笑说，爷爷小时候喜欢枪，可不是觉得好玩。那时候，兵荒马乱枪炮声不断，爷爷害怕，总是身不离枪，身上有枪爷爷就不害怕。爷爷的腿是被日本鬼子打瘸的，你大伯是被美国鬼子打死的。

　　生活好点后，爸爸和姑姑都会给爷爷一些零花钱。爷爷舍不得花。他每次赶集，总会给我买枪回来；他每次进城，也总要给我买枪。有塑料的，有铁的，有冒光的，有冒火的，有带声音的……有时，我疑惑不解，外面怎么这么多枪啊。渐渐地，我产生了一种离奇的想法——什么时候，我能摸摸真枪啊！

我真摸上了真枪。我到部队当兵去了。

这年，我回家探亲，爷爷问我，摸到真枪了吗？

我说摸到了，我还是部队上的神枪手呢。

爷爷说，你带我去看看枪。

我笑了，心想爷爷真是老了、糊涂了。我就问，上哪儿去看？

爷爷一边往外走一边说，你跟着我走就行。

我骑上自行车，追上爷爷，带着爷爷出了村子。

村外有好几条纵横交错的公路，不管是大路还是小路，路两旁都栽着树。

爷爷指着那些树说，你看像不像机关枪？

我看了看说，怎么是机关枪呢，那不是树吗？

爷爷说，你再看看，树干像不像枪身？枝头的无数片叶子，像不像枪口喷出的子弹？

让爷爷这么一说，我看着还真有点像，就说，像，真像。

走着走着，爷爷指着一片高粱地说，你看那些高粱像不像冲锋枪？

我不想让爷爷不高兴，就说，爷爷，让你这么一说，还真像，我原来咋就没发现呢？

爷爷笑了。

路过一片玉米地，爷爷又指着玉米说，你看看那一棵棵玉米像不像一支支步枪。秆像枪身，缨像刺刀，玉米苞像弹夹。

我说，是是是。

爷爷说，知道吗？这些树木啊庄稼啊花草啊都是大地的枪啊。

我说，大地还需要枪吗？

爷爷说，当然需要。

我再一次探家时，爷爷更老了，老得走不动路，只能坐在炕头上。而我这次探家与前几次探家已有天壤之别。我从一个扛枪的兵成为一个军官。

听说我回来，亲朋好友都来看我，挤得屋里满满的。座位上坐满了人，炕沿上坐满了人，还有站着的。人们七嘴八舌地恭维我，恭维我父母。有说我有出息的，有说我光宗耀祖的，有说我父母教子有方的。最后人们又恭维我爷爷，说爷爷有眼光，当年没人愿意去当兵，只有我爷爷坚决支持我当了兵。爷爷咳嗽一阵子，就说了一句话："在我眼里他什么都不是，他就是爷爷的枪。"

神 话

○ 胡 炎

酒比较寡淡，所以我一气喝了十八碗。牛肉倒不错，七分熟，还带着血丝，这很对我的胃口。摇摇头，觉得有了点酒意，我就出了酒馆。店老板追着我，说："客官，听我的没错，这山上有老虎，凶得很，你最好还是明天找几个伴儿一块儿过。"我知道他是好意，所以回头对他笑了一下，就奔山上去了。

这山叫景阳冈，山上有老虎的事，我早听说了。都说那是只吊睛白额大虎，吃人不眨眼。我偏不信，就凭我这身功夫，怕甚？酒如再烈点就更好了，酒壮英雄胆，一点不错。英雄有酒，神鬼都不怕；英雄有红颜，仗剑走天涯。

景阳冈上静极了，只一弯月亮枕着树梢，入梦一般。此时，十八碗酒的酒力借着山风，呼呼地往上长，我这才明白，这酒后劲大，上头。恰好前面有块山石，平得像张床。我便躺上去，两手护胸，准备打个盹儿。

刚迷糊一会儿，就给一种声音吵醒了。我把眼睛张开一条缝，猛地看到一个黑影在我不远处，"呜呜"地低吼。我一激灵坐起来，好家伙，那可不正是一只大虎？这下，酒就醒了大半。我也有一点怕，真面对了虎，谁说不怕是骗人的。我气沉丹田，凛然一吼："畜生，看看是爷爷的拳头厉害还是你厉害！"

那虎竟后退了一步，好像被我吓住了。我就犯嘀咕，天下哪有这样胆小的虎？没准是个障眼法，以退为进，准备发起"总攻"呢。我便静静地等，一般来说，没有人主动去攻击老虎的，除非他缺心眼儿。

可是对峙了好久，那虎就是原地不动，耐性可真大，连我都等得不耐烦了。此时，我忽而觉得那虎气喘得不太对头，听上去怎么那样虚弱，像是病了。我便试探地往前跨了一步，那虎便跟着后退一步。我想这若是只病虎，就放虎归山得了。遗憾的是，那虎并不知趣，只看着我眼馋，显然不甘心放弃了这顿美味，但又不敢冒进。我实在忍无可忍，死活都爽快点儿，英雄的性格都这样。于是，我决定乘虚而入，主动出击。

那虎本能地发动了反击，脚步却异常沉重。我给它一个侧踹，它竟倒了，接着我骑到它身上，运足力给了它一通老拳。虎很快绝望地"嗷"了一声，咽气了。我的裆部和拳头都被硌得生疼——这虎瘦得皮包骨头。毫无疑问，在我给它致命打击之前，它已经奄奄待毙了。

我站起来，心情有点古怪。今晚打死一只虎，却是只病虎，可又是大伙儿传得神乎其神的那只吊睛白额大虎。我没想到，打死一只虎居然比打败一个人还省劲，这实在有点胜之不武，让英雄失意。

后来的事就出乎我的意料了，我成了阳谷县千百老少敬仰的英雄，很是风光了一把。其实我对这些一点也不感兴趣，让我高兴的是在这里找到了我久违的哥哥。兄弟相见，抱头痛哭一场，真叫爽快。

我做了县里的都头，哥哥脸面上自然有光，炊饼也比以前好卖了。晚上，嫂子常做几个可口菜，我与哥哥对饮几杯，把酒话家常，互叙兄弟情，心中煞是温暖。只一样，哥哥看我的眼神，也是一样的敬仰，这就让我不甚舒服了。

这晚，几杯酒下肚，我终于对哥哥道出了实情。我说："哥，其实我打死的，只不过是一个百姓传说的神话。"

哥哥的表情立即紧张起来，起身走到门边，侧耳听了一阵，而后又打开门，左右看了，待确信无人，这才闩上了门，回到我身边，一脸严肃地说："弟弟，你怎这样胡说？那吊睛白额猛虎，非常人所能杀之，以后休得再说这等浑话！"

我于是只闷闷喝酒，再不言语。

多日后，在一个落寞之夜，哥哥晚归，嫂子与我共饮。看酒色洇了嫂子两腮潮红，嫂子眼中秋波流转，我便知嫂子活得真实。我慨然一叹，轻轻地拨开了嫂子伸过来的纤纤玉手。

不仅仅是为了哥哥，此时，我已不同于往昔。我自知我已成了神话，而这个神话何其脆弱。为了一个神话，我义无反顾，因为我若稍稍动摇，这个神话就会被一个叫潘金莲的敢爱敢恨的绝色女子轻轻击碎。

果然，许多年后，我在《水浒传》和后人的口碑里成了永恒。

岁月如烟，我常常在神话里苦笑。对月把盏，把这千百年的神话一饮而尽。

怀念战队

○王　凯

又一次狭路相逢。

对方跳跃着向他奔来、扫射，他可以清楚地看到对方手中 AK—47 吐出的火焰。肩膀猛震，他中弹了。然而他的手并没有发抖，此刻，直觉和速度支配一切。一串 5.8mm 的子弹射出后，他满意地吹了一声口哨——他的战队①又一次大获全胜。

事实上，他受伤的肩膀并未流淌鲜血，手中也没有冰冷的扳机，有的只是闪着红光的鼠标和油腻的键盘。这就够了！他是这个著名 CS 战队的灵魂、主宰和第一杀手，这是他的战队！在教室和书本中失去的自尊和快乐，在这里他一一赢了回来。没考上大学，那算个屁！

他伸了个懒腰，开始投入下一场战斗。然而就在即将进入那令他兴奋的界面时，他的脖子毫无准备地挨了重重一巴掌，紧接着，一双大手将他拎出了昏暗的网吧。

滚回去。父亲面无表情地命令道。

他乖乖地执行了命令。据说，他出生那天，母亲正在产床上痛苦地呻吟，而父亲则静静地潜伏在南方茂密的丛林里，在一个适当的瞬间跃起，

---

① 战队：网络游戏术语。合作的玩家自行组成并分工协作参加电子竞技活动的组织。

用粗壮的左臂勒住了敌方特工的脖子。父亲本想捉个活口，但当对方拼命挣扎着从怀里掏出一枚手雷时，父亲毫不犹豫地将匕首刺进了对手的右肋。就在那个时候，他离开了母亲的身体，来到了这个陌生的世界。这种并不愉快的巧合令他耿耿于怀，因为他一直认为自己正是那个倒霉的特工托生的，所以才不得不永远在父亲的强力面前低头。

他回到了家，他以为事情到此结束。可是在客厅的茶几上，他看到了一套崭新的军装。

那个冬天，他开始重新学习站立，学习行走，学习穿着，学习说话，学习礼节，也学习触摸从前自以为熟悉的沉重乌亮的步枪。在那个雪后的冬日，他伏在坚硬的戈壁上打出第一发子弹时，他的内心产生了一种前所未有的悸动。那一次，他打出的 10 发子弹全部脱靶。他脖子上挨了班长一巴掌，虽然轻得如同抚摸，但那动作却熟悉得要命。那一刻，他想起了自己的父亲。他站起身，不由自主地整了整刚刚戴上的领花和肩章，然后挺起了胸。从前的战队里，他握的只是鼠标，而在这个战队里，握着的，却是真正的武器。他摸摸发烫的脸，他明白了，在这个真正的铁血战队中，他只是一只——菜鸟。

从他记事开始，每一年的春天父亲都会从箱底里把那些缀着红领章的旧军装一件件拿出来晾晒熨烫，然后像宝贝一样小心翼翼地放回箱底。他曾厌恶地看着这一切，那时他觉得父亲像一个生活在石器时代的老傻瓜。但现在，他开始迷惑起来。

在一个周末，他请假外出。当他看到一家网吧的招牌时，几乎走不动路了。他快速地跑进去找了一台机器，可看到等待开启的屏幕上映出军装里的自己时，他突然变得极度不安。没有父亲的大手揪住他的衣领，却有一双无形的手将他拉出了网吧。不久之后的另一个周末，他穿着便装再度走进这家网吧，但仅仅登录到游戏，他便坐不住了。在跨出门的那一瞬他想，他已经无法忍受这狭小空间里的污浊空气了。再往后，他再也没有看过那家网吧一眼。

军装里的他，先变得黑瘦，不过最终还是强壮起来，仿佛从大地中获取力量的安泰。第二年的时候，他领了一套更大号的军装，用自己的骨骼和肌肉填满了军装的每一寸空间。如果现在见到父亲，他想，他再也不会害怕了，因为他也拥有了和父亲同样的力量。他的枪法已经很准，他的口令也很漂亮。当他拍一下新兵的脖子时，感觉惬意。那是真正战队高手的感觉，无与伦比。

两年前，他觉得两年漫长得像两个世纪。两年后，他觉得两年短暂得像两个小时。那天晚上，他穿着军装在军容镜前认真持久地凝视自己。他觉得自己很帅，他觉得自己以后再也不会这样帅了。

他小心翼翼地把领花帽徽和肩章摘下来，仔细地包好，放进了皮箱的底层。如果明天司务长向他回收这些东西，他就撒谎说找不到了。以后，他也可以在每年春天，把自己的军装从箱底里取出，像父亲那样有板有眼有滋有味地晾晒熨烫。这时，他打算为自己这个小小的计谋微笑一下，可奇怪的是，他却无声地流下了此生最为充沛的一次泪水。

蝴蝶嫁衣

〇陈凤群

　　处理完最后一项工作，时间已经逼近九点了，紫烟赶紧套上婚纱。郎俊说了，他会九点准时开车来接新娘子。五年了，紫烟在翠山上工作，郎俊在翠山下工作。多少个相思夜，两人望断翠山路。想到婚礼后就离开翠山回市林科所工作，从此日日夜夜和郎俊在一起不分离，紫烟心里便甜蜜蜜的，脸上云蒸霞蔚。

　　翠山是一座蝴蝶山，生长着300多种蝴蝶，其中珍稀蝴蝶就有20多种。为了更好地研究蝴蝶的生长生存状况，市林科所在翠山上设立了一个工作站。工作站有三个人，站长是喻大弘，紫烟是喻大弘的助理，还有管理员舒米。

　　"笃笃、笃笃……"急促的敲门声如欢实的鼓点激荡着紫烟的心。紫烟望了望挂钟，比约定的时间提前了15分钟。按捺住怦然的心跳，紫烟颤抖着双手打开了房门。

　　敲门的却是舒米。舒米喘吁吁地告诉紫烟，站长下山去了，有人正在翠茵谷偷蝴蝶。

　　翠茵谷是翠山的腹地，那里聚生着11种国家一级、二级重点保护野生蝴蝶。

　　"走!"紫烟喊了一声，骑上摩托朝翠茵谷飞奔而去。

　　舒米赶紧骑上摩托紧随。

摩托在山间小路驰骋，紫烟洁白的婚纱飘起来，裙摆不时从路边粗粝的灌木丛上划拉而过。

　　"婚纱，婚纱……"舒米心疼了，一个劲地在后边喊。可呼声仿佛被山风噬去了一般，紫烟像只白鹤一直朝前飞去。

　　一进入翠茵谷，紫烟就看见满谷的蝴蝶如入网的雀儿惊慌地四处翻飞，两个30岁左右的男人正手执两张网起劲地追扑蝴蝶。两张扑向蝴蝶的网如两只利爪，霎时剜疼了紫烟的心。紫烟一把撂下摩托，三步两步就跃进了翠茵谷。

　　"住手！"

　　紫烟平地一声断喝，把两个追蝴蝶追得正欢的男人震蒙了。待看见来人是个穿着婚纱的新娘子时，两个男人不禁轻蔑一笑，向紫烟包抄过来。

　　紫烟撩起婚纱裙摆，一个鹞子翻身跳出了两个男人的包围圈，"哧啦"从身上扯下了婚纱，露出紧身保暖内衣。紫烟把婚纱向空中一甩一拉，婚纱瞬即变成了一条粗大的白绳。白绳在手如练，紫烟舞得银光闪闪、猎猎生风。眨眼工夫，两个男人就被紫烟用白绳撂倒在地。

　　"哼！"看着两个软趴在地的男人，紫烟冷笑道，"本姑娘在体院是女子柔道和棍术冠军！"

　　两个男人丢下网仓皇逃跑了。

　　舒米要追，被紫烟制止了。紫烟把婚纱扔一旁，赶紧去检查两张网。一数，两张网共捕了6种国家一级、二级重点保护野生蝴蝶。

　　"嘘……"紫烟重重吁了一口气，从网里捧出一只颜色艳丽的蝴蝶，"舒米，把这只白带黛眼蝶放到那棵樟树枝头上吧！它特喜欢樟树的味道，经常栖息在樟树上呢！"

　　看着白带黛眼蝶在樟树上愉快地呼扇翅膀，紫烟又从网里小心翼翼地捏出一只壹元硬币大小的蝴蝶："喏，舒米，这只燕凤蝶是我国最小的凤蝶之一，是南方特产的珍稀蝴蝶。它很害羞，喜欢静静待着，把它放草丛里吧！"

一只只蝴蝶被放飞了。

囿在网里的最后一只蝴蝶是幻紫斑蛱蝶。这是一只色彩令人叹为观止的蝴蝶，黑色的翅膀上镶嵌着一对紫蓝色的"眼睛"，如梦似幻。幻紫斑蛱蝶在花间翩翩一会儿，就耷拉着翅膀不动了。

"幻紫斑蛱蝶，你很喜欢在花丛里飞和花媲美的呀？你怎么不动啦？"紫烟急了，"走，舒米，幻紫斑蛱蝶受到内伤了，得带回去疗伤！"

紫烟把幻紫斑蛱蝶拢在手心急匆匆跨出翠茵谷，才迈开几步就扑通栽倒在地。

在舒米惊叫声中，紫烟强忍剧痛睁眼一看，自己左腿小腹赫然插着一支箭！

箭是一个土制针管。紫烟知道这是当地村民用来射猎野猪用的麻醉箭头。瞬而，紫烟感觉到麻药从箭口处迅速蔓延开来，整个小腿失去了知觉。

近处的树丛中忽然传来一阵声响。

紫烟迅疾看去，刚才偷蝴蝶的两个男人悄悄地消失在树林里。紫烟知道遭到偷蝴蝶的两个男人的报复了，吩咐舒米赶紧打电话报警，并告诉郎俊情况。

10分钟后，郎俊赶到了翠茵谷。

一见紫烟这般模样，郎俊眼睛霎时就红了，一把把紫烟搂在怀里。

舒米手足无措地站在一边，紫烟脸红了，赶忙推开郎俊："看，婚纱都成柳絮了，穿不成了，怎么办？"

"婚礼仪式时间已过了，来翠茵谷的路上我就取消了教堂婚礼的仪式。紫烟，这翠茵谷多美啊，就在这儿举行婚礼吧，让翠茵谷作为我们婚礼的殿堂！"

舒米成了证婚人。

舒米愉快地望着眼前一对新人："郎俊……"舒米话音未落，翠茵谷上空忽然飘来了一片彩雾。

彩雾竟然是一群蝴蝶！

蝴蝶环绕着郎俊和紫烟飞呀飞，最后聚集在紫烟身上，缀成了一件斑斓绚丽的嫁衣！

郎俊和紫烟深情地凝望着对方。

"郎俊，我想一辈子在翠山工作……"

"嗯！"

我要告你的

○乔　迁

同事把厂长想让陈伟下岗的小道消息告诉了陈伟。陈伟听了，不惊不讶，像是根本没他什么事儿似的笑笑，说了一句："正好，我还要告他呢。"

同事们笑笑，也没当回事儿。一个小工人，即使厂长有问题，你又能抓住什么重要的证据？陈伟这么说，也就是听到要自己下岗的消息撒的火气罢了。可事情并不是同事们所想的那样，陈伟还真的要告厂长。有一天陈伟和同事们正好与厂长走了个碰头，陈伟竟然喊住了厂长，一本正经地对厂长说："厂长，我要告你的。"

同事们大惊失色，立刻躲瘟疫似的跑开了，生怕被厂长认为是陈伟的同谋。自此，同事们都有意地躲避着陈伟。可人是躲开了，心并没有躲开，都支棱着耳朵留心着陈伟什么时候告厂长呢。

留心的结果是，陈伟每次碰见厂长都会说那句话："厂长，我要告你的。"陈伟每一次对厂长说那句话，厂长都不恼，甚至还微笑着对陈伟说："可以嘛，只要我有问题谁都可以告我的。"陈伟和厂长的每次对话都让同事们热血沸腾，内心里甚至都盼望着一个结果，当然是两个结果中的一个：要么陈伟把厂长告下去，要么厂长把陈伟拿下去。

时间在一天天地走着，工人们既没有看到厂长被告下去，也没有看到陈伟被拿下去。倒是不断地有人下了岗离开了工厂。慢慢地，便有人悟出了事理：厂长说让陈伟下岗，陈伟才要告厂长的，厂长便不要陈伟下岗了。原以为陈伟真的掌握着厂长的问题，以此来要挟厂长，而使厂长不敢让他下岗。可通过一段时间的观察和探询，陈伟好像并没有真正地掌握厂长的什么不法问题。如此看来，就是无中生有的要挟了。工人们就很气愤，私下里骂厂长瞎了眼睛，吓唬他的人他不让下岗，倒让没有对他不尊的人下了岗，是什么道理？不行，得让厂长知道陈伟的真实面目和目的。于是便有人跑到厂长那里去揭发陈伟。可每个去找厂长揭发陈伟的人都是一脸沮丧地回来，因为厂长对此事并不表态。工人们便闹不明白，厂长真的被陈伟吓唬住了吗？

事情后来才搞清楚了，厂长一次喝醉了酒道出了实情。厂长说："我还能不知道他陈伟吓唬我？我不让他下岗，是因为如果我让他下了岗，就会让人认为是他要告我而我在打击报复他。陈伟这个做法，是一篇小说里的法子。陈伟一定看过，学着用呢。"陪着喝酒的人便说："既然知道，更应该让他下岗了。"厂长说："小说来源于生活嘛，是生活的真实再现。如果我按小说里的做，就真的会有许多人认为我在打击报复陈伟呢。"陪酒的人想想，还真是这么回事。厂长又说："其实也不光是这，还有一个原因。你们想想，现在当领导的，要是没有人告，还是个干工作的领导吗？干工作哪有不得罪人的呢？从这一点上说，我还得谢谢陈伟呢。"

厂长酒后的肺腑之言，很快便在工人们中间传开了。许多人细细品咂，还真是那么回事。是那么回事就不能只放在心里了，便有许多害怕下岗的人开始学习、效法了。一段时间内，厂里总有工人在碰到厂长时或直接找到厂长说："我要告你的。"

厂长一开始还是笑的，后来，说要告他的人多了，便不笑了。有一天，一个很惊人的消息在厂里炸开了：厂长去自首了，交代了很严重的经济问题。

包括陈伟在内的工人们知道后，震惊地说："想不到，厂长还真有问题呀！"

两个人的江湖

○更　夫

那是一个全民尚武的年代。电视剧《少林寺》《霍元甲》等一批武打片红遍大江南北，看得每一个人都攥着一股劲。

村里有一个小孩，人长得瘦小枯干，一副发育不良的模样，大家叫他"猴儿"。猴儿的爹，人们都管他叫"三寸钉"，原因是矮，有人就把电视里武大郎的外号搬了过来，有糟践他的意思。他也不恼，干笑两声，说，我更喜欢鼓上蚤呢！

呸！对方不屑地喷他一脸的唾沫！

晚上，猴儿就问他爹，鼓上蚤是谁呀？爹说，鼓上蚤时迁是《水浒》里的一个大英雄！喏——就爹这么高，轻功好得很！猴儿歪着小脑袋想了想，问，爹，那你会轻功吗？你教我练吧！练好了我们好对付那些江湖恶人！

爹说，好。爹把一个沙袋绑腿上，一跳一跳的，说，儿子，知道飞檐走壁是怎么练出来的吗？看好了！就这样——以后我把沙袋一取呀，就能上房了……

真的吗？猴儿高兴起来……

月亮趴在树梢上，听着院子里不时传出欢快的笑声。

猴儿的娘去世得早，剩下父子俩相依为命，日子过得很是清苦。弱小，加上穷，父子俩在村子里便常常受到欺凌。

但猴儿过得很快乐，他和爹一样，沉醉于功夫。爹告诉他，我们这个村子就是电视里说的江湖，那些欺负我们的人，是江湖邪派，我们只要练好了功夫，早晚有一天会打败他们。

每天晚饭后，父子俩先去村口王奶奶家看电视，回来后爹和猴儿就一起练功夫。练之前，爹拿出一个小本子和一支笔，先问猴儿，今天谁又欺负你了？猴儿就一一地列举出来，村东的刘大牛，村西的小狗子，还有……爹说，好，今天你被欺负了五次，就在本子上画五道杠吧。猴儿就画，画完了交给爹，爹也画。画完，爹说，我们开始练功吧！

有一阵子，电视里热播《射雕英雄传》。这天晚上，从王奶奶家看完电视出来，爹神秘地对猴儿说，儿子，今晚我们到外面去，我教你练蛤蟆功！啊！欧阳锋的蛤蟆功，那可是绝世功夫！猴儿兴奋得不行。夜色下，父子俩提着自制的灯笼，手里操着木棍，走在稻田边。这时的稻谷刚刚扬穗，微风吹过，送来阵阵清香。

猴儿说，爹，你不是教我练蛤蟆功吗？来这里干啥呀？

爹把一只手放嘴边，嘘！小声点儿，你听！

四下里蛙鼓声声，奏着动听的乐响。猴儿脸上露出了会意的微笑。

田埂上，几只青蛙趴在那里，鼓着大大的腮帮子。猴儿认真地研究起来，蛤蟆功，把气运在肚皮上……突然，啪啪啪！几声脆响，田埂上的青蛙直挺挺地翻了白肚。爹把棍子扔一旁，拿出一个口袋，说，儿子，愣着干吗，快把青蛙捡进来呀！猴儿抬起头来，灯笼微弱的灯光打在爹的脸上，影影绰绰的。猴儿差点哭了，说，爹，你干吗把青蛙打死呀！爹摸摸猴儿的头，说，儿子，要练成蛤蟆功，不仅要看青蛙的动作，还要吃一些青蛙才行咧！猴儿说，我不吃不吃不吃！爹笑了，声音有一些沙哑，说，儿子，不吃你就练不成蛤蟆功了，那可是天下最厉害的功夫呢！

第二天，望着桌上一盘青蛙肉，猴儿的眼泪又差点掉下来。爹不断地给他夹，说，儿子，多吃点儿，才能早一天练成蛤蟆功！猴儿试着把一块青蛙肉放嘴里，慢慢地嚼，慢慢地嚼，接着就加快了速度。猴儿说，爹，真香，比猪肉还香——就是没什么油！

爹转过头去，使劲地擤了一把鼻涕。

这以后，爹又带着猴儿练了不少的功夫，比如蛇拳、鼠爪、鱼摆、雀子腿。猴儿练得尽心尽力。但有一天，猴儿沉不住气了，问，爹，你教我练了那么多的功夫，你怎么不好好练哪？爹说，我也在练哪！猴儿说，爹老让我吃这些东西，说可以增加功力，爹你自己怎么不使劲吃呢？爹就笑，说，爹的功夫已经到家了，不用再增加功力。

猴儿说，爹，你是天下无敌了吗？

爹说，嗯。

猴儿说，那我们什么时候去收拾那些江湖败类呢？

爹说，还没到时候。

冬去春来，草长莺飞，转眼好多年过去。这一年，猴儿考上了中专，成为村里第一个跳出农门的人。拿到录取通知书那天，父子俩高兴得抱头痛哭。然后，爹说，儿子，还记得我们记在本子上的仇恨吗？猴儿说，我一天也没有忘记。爹打开一口木箱，抱出一沓本子，上面密密麻麻地画着杠。爹说，这么多年的恩怨，也该有一个了断了。爹抱着本子往外走。猴儿感到心头怦怦直跳，说不清是兴奋还是恐惧。猴儿紧跟出去，顺手操起门后的扁担。猴儿说，爹，你忘了带武器！

院子外有一块空地。走到那里，爹把那沓本子一扔，掏出了打火机……

猴儿大惊失色，说，爹，你干什么！

爹说，报仇雪恨。

火光把爹的脸映得通红。

猴儿说，爹，这么多年的仇恨和耻辱你怎么都烧了？猴儿跑过去抢火中的本子，爹一把推开了他。

火光渐渐暗下去，爹拉着猴儿坐下。良久，爹说，儿子，忘记它吧——如果村子也算一个江湖的话，它太小了！

那时，太阳快下山了，一抹余晖挂在天边，金灿灿的。

疏　忽

○刘正权

老师一再强调，明天公开课上，举手发言一定要积极，要踊跃。不过，老师扫一眼小慧，又再三叮嘱，不能回答也不要滥竽充数。

小慧知道老师的意思，老师是在暗示自己呢，小慧成绩不太好，还怯场。老师不想自己辛辛苦苦排了三四遍的公开课让小慧给搞砸了。

小慧很想举手发言回答老师的提问，这些问题都背得溜溜熟了。小慧发言不是想出风头，小慧只想听老师表扬她一句："江小慧，你真棒！"老师已表扬过其他同学好多回了，却从没表扬过小慧一回，就算是施舍也该轮到她了。

小慧很激动，为明天的公开课激动，为公开课上的施舍激动。

小慧夜里睡不着，想象着公开课上自己小手举得高高的，老师点了她的名后，身子站得直挺挺的她双手背在后面，十分流利地回答的得意劲儿。老师当时一定睁圆了双眼，脸色激动得通红，抚摸着她的小脑袋，一个劲儿表扬："江小慧，你真棒！"

所谓的公开课，不过就是公开作弊的一节课，除了讲课的老师唾沫横飞外，听课的大都没什么兴趣，腻了，没什么新鲜玩头，如同猫追尾巴的游戏，头一次追是新鲜，再转个不停地追就是无聊。

小慧不觉得无聊，小慧第一次在城里上公开课，小慧的父母在城里打工，小慧是借读呢！老师准备了很多问题，也在每个问题后面排上了提问学生的名字。小慧不知道这些，小慧只管将小手高高举着，不管不顾地举着。小慧想，你总能看见我的。正如小慧昨天想的，就是施舍也该轮到我了。

老师开始还没在意这双小手，老师讲得很投入，学生也回答得很精彩，老师很满意自己精心的编排。四十分钟其实是个很短的时间，但对小慧来说却是漫长的，她的手臂始终处于临战状态。先前的小慧还能听见老师讲些什么。再以后，她除了听见同桌窃窃的笑声，看见那些回答问题受到表扬的同学得意的一瞥外，她什么也不知道了。小慧的眼泪开始不争气地往下流，如同一个赴宴的孩子，刚刚尝了几个配送的小菜，主菜正上时却被强行赶走，能不委屈吗？

公开课结束了，听课的老师们陆陆续续走了，只剩下老师在台上收拾讲义。老师这会儿才发现小慧的手依然举着，眼泪哗哗淌着。老师问："江小慧，谁欺负你啦？"

小慧摇了摇头。

老师很疑惑："没人欺负你哭啥？是不是哪儿不舒服？"

小慧还是摇头。

老师有点生气，老师说："既没有不舒服又没人欺负，你哭的哪门子呀！"

老师很不满地走了。

小慧放下举得发酸的小手，擦了把眼泪，从书本上一把撕掉了刚才的那一课。

打那以后，小慧再也没有举过手，甚至小慧还落下一个毛病，一上公开课就莫名其妙地流泪，没来由地感到不舒服。

老师就很奇怪，说带了那么多的学生，像江小慧这样的学生还真是让人越教越糊涂。

飞 天

〇田双伶

她怏怏地坐在藤椅上，看着院子里的一切。院子里花草葳蕤，那几株红色的月季花，枝茎粗壮，开出的花有碗口大。开得轰轰烈烈，大蓬大蓬的红艳，如同一场盛大的演出。

而她美丽的生命还没来得及展示，却要谢幕了。那一天，她突发胸痛晕倒，被查出来患了高危心脏瓣膜病。那一刻她的身子沉沉的，快要沉到泥土里了，可她的胸腔里是空的，轻飘飘的，像要飞起来。她望着天，把自己幻化成长着翅膀的飞虫，一只飞鸟，或是一只蝴蝶……她想飞舞起来，她突然展开双臂飞到院子里，旋转，侧身，她看到影壁上映出了她的身影，纤细，线条柔和，似展翅欲飞。

她回到屋里，把头发高高地盘起来，照着镜子仔细地看。她的形体轻盈而挺拔，乳房玲珑而润实。她曾在一本书里看到过，在舞蹈艺术中，有一种女性的形体叫"高调形体"，一踮脚尖就像要飞上天。她就是这样的形体。她忽然对自己说，我要跳舞。

是啊，她要飞舞，她不想沉入到泥土里去啊。她想通过舞蹈让自己飞起来，变成那个以香为食、凌空飞舞、抛撒鲜花的飞天女神。

当她来到舞蹈学校报名学习的时候，那个女教练吃惊地看了她好久。但她恳求的目光中透出来的坚定，却不容置疑。女教练答应了。

宽敞的练功房里，只有女教练和她。整面墙的镜子，冰凉的把杆，薄薄的地毯，柔软的练功鞋……她从走台步开始练。

她的母亲坐在旁边陪着她。是她让母亲来的。她朝母亲撒娇说，你看那些孩子都是父母陪着练舞，你就坐在旁边看嘛。她练的时候，没有发现母亲在一旁偷偷地抹眼泪。

即使她认真地学，二十多岁的年龄，骨骼还是缺乏柔韧度，开关节的时候，她疼得尖叫了一声，咬住牙，任泪水流淌。那以后她没再让母亲陪她，母亲的泪比她流得还多。

她专练敦煌舞。这种舞蹈难度很大，练足尖，勾、翘、歪；练手姿，垂、翻、扬；压腿，下腰，出胯，下沉，飞身，每一个动作她都做得一丝不苟，身条渐显柔顺。她竭力克制着胸口的疼痛，每次练完后，都扶着把杆大汗淋漓，任汗水和着泪水肆意横流。一向严厉的女教练看着，心里也有点儿发酸。

她买了好多舞蹈碟子，在家认真地看。她最喜欢看《敦煌》，双目紧盯那个头戴宝冠、胸饰璎珞、飘带绕身的飞天。仙乐飘飘中，飞天姿态轻盈舞姿曼妙，长绸萦绕卷扬，变化莫测，如云如烟，似梦似幻……她呆呆地看了一遍又一遍，看得满面是泪。她能留给世界这样的身影吗？

花草葳蕤的院子成了她的舞台。那天，是个晴朗的日子，她化了彩妆，穿上了金黄色的飞天服装，彩绸环身，准备参加第二天她生命中的第一场演出。院子里的月季依然开得正盛，大蓬大蓬的红艳，如同一场盛大的演出，不，是在观看一场盛大的演出。

她开始起舞，影壁上，出现一个衣袂飘飘、彩绸飞舞的飞天女神。她似在云中翱翔，长绸在空中萦绕卷扬，飘然转环如流风回雪，变化莫测，如云如烟。向上，旋转，回身，舒臂，飞舞……她舞得似梦似幻，酣畅淋漓，任泪珠甩落在月季花上，叶子颤动着，花朵颤动着。当她旋身向上时，舞姿突然凝住了，那一刻，她真的飞起来了，轻飘飘地，飞离了她无比眷恋的人世……那一个飞天的姿势，成了她生命的定格。

　　我是在一次舞蹈晚会前看到那张照片的。那天，她的母亲坐在我旁边，含泪对我讲起她去世两年的女儿。她说，每一场舞蹈晚会她都要带着女儿来看看，女儿曾说，她会从天上飞回到这个世界来……

　　我抹去照片上的眼泪，望着这个舞者：她绾着仿古发髻，在正午的阳光下，洋溢着夏日花朵般成熟、郁烈的美。她柔软细长的双臂向天空舒展，腰肢的弧度恰到好处，她双眸里闪着清亮的光泽，身后的影壁上，一个飞天女神凌空飞舞……

第一封情书

○段淑芳

那一年我11岁，是小学六年级的学生。那年夏天，我收到了我生命里的第一封情书。

从不否认，我是一个早熟的女孩。还在读小学时，我已出落得亭亭玉立，比同龄的女孩明显高出一个头。不仅仅是我的身体，我的思想也早熟，有了与年龄不相称的喜怒哀乐，特别是对男女之间的情事表现得过于敏感。我像琼瑶笔下的女主人公一样多愁善感，伤春叹秋。我写日记，写我的喜、我的忧、我的爱、我的恨，也写我对某个男生的好感，写某位老师讲课时的神采飞扬。

学习从来就不是我的强项。从小学开始，我就体会到了读书的痛苦，考试的残酷。上课的时候，我老是不能集中注意力（语文课是个例外），不是在纸上信手涂鸦，就是双眼望着窗外的榆树发呆，猜着树上会不会有个鸟窝，鸟窝里是不是能掏出个鸟蛋。

可能是因为自己学习成绩差，也可能是因为在不同年龄段对男人的审美标准不一样，长大了会喜欢帅一点的男人，再大一点觉得还是成熟稳重来得好，但那个时候，我只中意我们班成绩最好的男生浩。浩就坐在我的前排，因为喜欢，就爱屋及乌地喜欢上了他的一切。就像一首歌里唱的那样：想念你的笑，想念你的外套，想念你白色袜子和你身上的味道。连他上完厕所带回来的一身臭气在我看来也是香的，每次都要贪婪地深呼吸一下。现在回想起来，真怀疑那时的自己是否变态。

那个时候，男女生之间还是比较保守的，即使有了朦胧的好感也只是埋藏在心底，胆大一点儿的也无非是私下里告诉几个要好的朋友，还得谨慎地一再叮嘱，我只对你说了这事，你对天发誓，千万不能再让别人知道。

那天看上去和平常没啥两样，好像是个晴天，又好像是个阴天。我一进教室打开课桌盖，里面就弹出一张字条，大意是想和我做朋友之类的话，落款是军。在今天看来，这实在没什么，有人喜欢是好事，证明自己还挺有魅力，高兴还来不及呢！但在那个时候，这张纸条无疑是一块烫手的山芋，是一颗定时炸弹。

我害怕，我生气，我难过。军，我们班成绩最差的男生，他居然说他喜欢我，他居然还有种说出来，他怎么可以这样呢？这简直就是对我的人身侮辱，是对我名誉的伤害，真是岂有此理！要知道，我喜欢的可是浩呀，那个每次考试总是排第一名的浩。浩才是我的偶像、我的骄傲。要是让他知道了我被我们班最差劲的军喜欢着，一定会笑掉大牙的。

我狠狠地瞪了一眼军，恨不得把纸条连同他的人一起撕个粉碎。不知道怎么回事，这件事以最快的速度在我们班迅速传播。一时之间，全班同学都知道了军喜欢我，给我写了情书。

我哭了，这是我有生以来收到的第一封情书。我的年纪、我的经验都不足以告诉我应该怎么做。为了证明我的清白，我在众目睽睽之下大义凛然地把信交给了班主任何老师——一个留着齐耳短发的中年妇女。何老师在班上很严肃地点了军的名，并义正词严地批评了军。她说："这么小的年纪不好好读书，尽想这些不健康的东西，长大了那还了得！赶快写一份检讨交上来，并保证以后不再有这种想法。"

字条事件因为军的一份检讨而画上了句号。我的清白得以澄清，我的骄傲得以维护。那个时候，这是我能想到的最好的结局。

小学毕业后，军就辍学了。我陆陆续续从别的同学那里知道他的一些消息，无非是在家种了几年田，后来就去广东打工了。反正做的是苦力。

我和军是两个不同世界的人，相对他来说我是幸运的。因为我有吃商品粮的爸爸妈妈，我的家庭条件允许我可以跌跌撞撞地继续我的学业，一直到中专毕业，觅得一份清闲的工作。

我再也没见过军，也可能见过，就在故乡的某个街头，我们曾擦肩而过，只是岁月改变了我和他，我们再也找不回失去的童年。

事隔多年后的今天，我学会了思索，学会了反省。一个人独处时，我常常在想：当年我把军的字条曝光给班主任，究竟是不是一个错误？对军幼小的心灵算不算一种伤害？军的辍学是偶然还是意外，有我的原因在里面吗？他恨过我吗？……

我不敢再想下去，我不能再想下去，我又控制不住不想下去……

很有可能，因为年幼无知，我曾经破坏了一份美好，伤害了一颗心灵，也改写了一个人的命运。

这么想着的时候，我已是一身冷汗。

朱安泪

〇齐　钰

　　鞭炮落了一地残红。身着红衣的随从吹着喇叭开道，浓重的炮烟中，红色的八抬大轿，摇晃着前行。

　　府门前，喜轿压低，轿中伸出一只中等大小的脚，试探着踩向地面。绣花鞋掉在地上，朴素的布面上有精致的刺绣手工，地上散落了大团的棉花，一只缠过足的小脚露出来。新娘微震，不知所措。新郎冷峻的面孔上终于露出一个表情，却是，不屑一顾。

　　我，朱安，祖父是末代的知县，从小在闺阁中未曾出门，识字不多，会些刺绣；嫁到周府后，人们都叫我安姑。夫君叫树人，小我三岁。新婚之夜，他在桌旁读了一夜的书，第三天便去了日本，那个遥远不可触及的地方。

　　喜字窗，雕花台，竟空闺。我看着镜中微微暗黄的脸庞，两行清泪划过脸颊，在尖尖的下颌汇集，滴落如雨。

　　自此一别，只说是三四月，又谁知五六年。

　　六年中，只有我和婆婆相依为命。我没有收到夫君的任何信件，偶有家书寄来，于我，只字不提。我多希望他能提我一句，哪怕，只言片语。

　　出嫁之前，当请庚到家中时，我就将全部身心投给了这个未见过面的男子。只听人说，他是受过外国教育的青年，思想开放，不喜欢我这般的缠足女子。我在房中苦思冥想，终于想出在鞋中垫上棉花，以为这样就可以讨夫君的欢心……我时常想，若当初不那么做，夫君现在，会不会就和我说话了呢？

不知从何时起，习惯了泪。

那六年，冬天都显得比较短，阳光似乎常常光临我的窗前。

六年后，再见到先生，他的脸上多了一份成熟与沧桑，然而冷峻依旧。不过，他偶尔会同我说上一两句话。买了东西，婆婆选完后也会让我挑上一点儿。我那时想，若能一直如此，也好。

1923 年夏，先生和兄弟作人分家。我清楚地记得那时的情景，他脸色稍和，以一种商量的口气问我："你是回娘家，还是跟着我们搬家？"我几乎没有停顿地脱口而出，语气从未有过的坚定："先生，我愿意跟着你走。"心里暗暗地加了一句"无论在哪里"。

可陪伴他的，终究不是我。我的世界，在先生和那个女子南下的那一天，暗无天日。

以后的日子，我又只和婆婆在一起，坐在空房中暗自落寞。不同的是，不同的是，不是同一间空房，而我，已在二十二年的时光中衰老。

起初，的确是有恨的，恨先生为何会这样对我，恨那个女子将先生从我身边抢走——哪怕只是那个偶尔同我有只言片语的先生。

到后来，渐渐地不恨了。广平，算是我的妹妹；先生的儿子，便是我的儿子。只是心中，隐隐地有些伤痛，若是我也有个孩儿，会不会，不再这么没有存在地存在，只可惜……

1936 年。好冷的冬天。就算自己一个人过了这三十年，都没有觉得有这么冷，仿佛灵魂被抽空。

先生这次是真的走了，彻底感觉不到他的存在。有许多人出高价买先生的遗作，我都拒绝了。先生的东西，怎么可以给别人，任何人都不可以。我曾一度想把广平和海婴接来。先生爱他们，我好好照顾他们，先生在泉下才会安心吧。

1947年。我也不知，不知我是如何度过这十多年的。或许是因为习惯了一个人——四十一年一个人，窗被望穿，梦碎成散片，泪已风干……如果……如果我到阴间，先生会同我说话吗？会不会，像对广平一样对待我？我想念广平和海婴了，他们此时，还好吗？我如今，只盼望，能与先生葬在一起，若有来生，我……

清泪落，眼微合，梦已散。前世今生，谁欠了谁的。朱安泪。

第六个是真人

○刘殿学

说起初一（2）班的丁小山，老师们只有一个字的评价：坏！说坏的意思，其实就是调皮。他不只是一个人调皮，还带动一帮人调皮，常常把初一（2）班闹得天翻地覆，鸡犬不宁，非得挑起个事端，让老师提溜过去训一通，才老实些。每节课后，不是班主任就是其他任课老师叫去办公室训话。

"会晤"多了，老师们烦，"山爷"自己也烦。走马灯似的，有时要到几个老师办公室去，实在分不开身。他就想，要是能像孙悟空那样拔根毫毛一吹，就是一群猴子该多好！对了，电脑不是能备份文件吗？能不能备份人呢？多备份几个"丁小山"不就够用了？

别看丁小山语数英成绩不怎么样，电脑却玩得滴溜转，人称他中国的小比尔·盖茨。还别说，试了几次，还真有些眉目了！再进一步往 C 语言深处一钻——成了！

"我成功了！"丁小山高兴得蹦了起来。

既然能备份人，那就多备份几个吧，省得几个老师一起叫去谈话，总有老师遇到"冷场"。丁小山聚精会神地在电脑上倒腾，倒腾出来五个"丁小山"！他把计算机模拟出来的自我形象存到一个巨大的 U 盘里。这个只有打火机大小的 U 盘，功能可是了得！它可以无限制地存储各种图像，只要用手指一碰，图像就会呈现出来，经过芯片自动调整，真的物体就会立体地出现在人的眼前。丁小山惊叹不已！真不得了耶！呵呵，这下好了，老师们总不能一起叫五个丁小山去谈话吧？

第三节课是音乐课。

年轻的女音乐老师刚从音乐学院毕业到学校来实习，她在前面打拍子，教同学们唱红歌《映山红》。当她唱到"夜半三更哟……"忽听后边有人大声接了一句浑话："要尿尿……"

音乐老师打拍子的手僵在了半空中，大声问："谁在胡唱？"往后排一看，丁小山在笑。气得收拾起桌上的乐谱，到班主任老师那儿去告状。

班主任老师没空来教室，让同学带信，叫丁小山去他办公室。

丁小山刚要走，又一个男同学跑进教室，喊："小山，数学老师叫你去哩，说你今天数学题是抄别人的。"

一下子三个老师叫，今天可难不住他，就请备份的老兄们显显身手帮帮忙吧。丁小山走到教室外边，手往口袋里那个 U 盘上点了三下，三个一模一样的丁小山分别去了三个老师的办公室。

班主任老师的办公室与音乐老师的办公室只隔一个门，班主任老师和音乐老师同时在大声训斥丁小山："上课笑什么？丁小山！你知不知道世上有廉耻两个字？红歌是能随便开玩笑的吗？那是很严肃的。我们今天的幸福生活打哪儿来？还不是先烈们流血牺牲换来的！我们今天唱红歌，是为了怀念他们，使得我们年轻一代不要忘记革命传统。可你倒好，夜半三更要尿尿，这是玩笑话吗？这是污蔑革命先烈知道吗？哎哎哎，丁小山，你摸摸屁股，是不是连胆子一起拉掉了？丁小山！"班主任老师忽听到隔壁也传来一声"丁小山！"

咦！哪个调皮鬼在外边学舌？是不是丁小山的哥们儿？班主任老师气呼呼地走出门去找人，东看西看，人影没一个；朝隔壁办公室一看——丁小山毕恭毕敬地站在音乐老师跟前……天！是自己看花眼了？还是闹鬼了？班主任摇摇头，眨眨眼——一切正常，没迷糊呀！

回到办公室，对面前的丁小山看看，大声问："丁小山，你搞的什么鬼花样？什么时候溜到那边办公室了？说！"

"备份的。"

"备份的?! 你会备份自己？哄我是不是？"

"真的，老师。"

"你能备份人？"班主任老师不相信，"在哪儿备份的？"

"计算机。"

"计算机？也说得太离奇了，丁小山！"

"太不可思议了！"班主任老师又一想，"不！你耍滑，骗我是不是？来，你看着我的眼睛说，这事到底是真的还是假的？"

"真的。"

"你到底是怎么备份的？"

"我在 C 语言里创造了一种特殊的模拟程序。"

"C 语言？你说给我听听。你怎么想到要备份自己的？说！"

"叫谈话的老师多，有时分不开身。"

"一共备份了几个？"

"五个。"

"都叫来我看看。"

丁小山出去一会儿，领着五个同样的丁小山走进来。

"天！"班主任老师一见，吓得往后退了几步。

有同学会备份人了，这件事立即轰动全校！初中一年级办公室门前挤满了人，大家看看六个一模一样的丁小山，简直不敢相信！

校长也来了，他看了看，并不感到十分惊讶，说："这也没什么。大家不必这样吃惊，人类总有一天会这样做的，只不过丁小山同学超前些罢了。科学的进步总是与人类生存相辅相成的，丁小山同学这么动脑筋创造 C 语言，这么超前，也只是他的生存策略而已。哎，大家猜猜，这六个丁小山哪一个是真人?"

校长一说,大家争着看,你上去认认,他上去认认。一样的个头、一样的脸、一样的眼睛、一样的衣服,没一个人能认出真人来。

校长不慌不忙地说:"我能一下认出真人来,你们信不信?"

校长走到六个丁小山后边,突然大声说了一句:"丁小山你真聪明!"

第六个丁小山吃惊地回过头来看。

校长说:"第六个是真人!因为他第一次听到有人表扬!"

善良的拯救

○ 曾　颖

　　从火热的公交车站跨上空调车的那一瞬，胥富感觉一股森森的凉气扑面而来。这些凉气，来自汽车上方的通风管道，也来自车上乘客们的眼睛。

　　照理说胥富是不该上这辆空调车的，因为票价比别的公交车贵出一元钱。一元钱，可以买将近两斤糙米再加几钱盐巴，足够他吃上一天。

　　但今天，他决定要上，态度非常坚决，因为今天他要做一件大事情，他觉得自己这辈子很难得做一次大事情，总应该选一辆对得起这件大事的漂亮车才行。于是，他选了一辆最新最漂亮的空调汽车。为此，他在车站上足足多晒了十分钟。

　　售票员卖完票后，很不耐烦地说："往后站，往后站！"

　　胥富不知道是自己身上的旧工作服还是自己被太阳晒得泛着黑色油光的脸惹售票员不舒服了。他愤愤然地咬咬牙，但想着他即将要做的大事，他又忍住了，只下意识地捂紧身上的黄挎包。

　　这时，身后一个脆脆的声音喊："叔叔。"

　　胥富没理睬，这个城市里没人会这样喊他。

　　"叔叔！"

　　又一声，还是脆脆的。

　　胥富回头，看到一个大约十岁的小女孩正冲自己笑。

"你的脚上有伤，来坐吧！"小女孩发出邀请。

胥富仔细看看小女孩的眼睛，那清澈的眼睛里没有半分奸猾，他又看看小女孩让出的半个位子，那上面也没有口水或泡泡糖之类的东西。

小女孩指指自己的脚，说："我的脚也有伤，只能让你半个位子。"

胥富看着她的脸，禁不住想哭。但一个大男人在公交车上在一个小女孩面前哭实在是不光彩的事。于是，他咬咬牙，对女孩说："叔叔不累，你坐吧。"

"可你的伤口已经化脓了，你来坐吧！"

女孩伸手拉他，她的手嫩嫩的胖胖的。这使他想起自己女儿的手，细细的黑黑的。一晃已经三年没看到她了，不知她是不是胖了一些。

他坐下。周围有人开始捂鼻子。女孩问："叔叔，你的腿是怎么受伤的？"

"钢筋扎的，在工地上。"

"我的伤是滑滑板摔的。对了，你怎么没去医院？"

"没钱，包工头已经八个月没发工资了。他……跑了。"

"那……你就这么拖着？"

"不，我涂了药的，你看，那黄的就是，壁虎酒，可管用了，我们伤风感冒蚊虫叮咬都用它。"

"可是已经化脓了。"

"哦……那是脓吗？"

小女孩努力挤了挤身子，从背后把书包拎过来，取出两盒药，说："这个送给你吧，我的伤快好了。我不想吃了。喏，再给你半瓶水，你别嫌我喝过，你快把药吃了吧，很快就不疼了。"

小女孩像个小老太太，不停地唠叨着。

胥富吃过药，只觉得心里凉丝丝的。

这时，车到站了。女孩说："叔叔，我要下车了，你走好。我妈妈说，无论是什么伤，都会好起来的，你保重。"

胥富点头，泪如雨下。

小女孩一瘸一拐下了车。车开了，胥富盯着她的身影消失在人群中，把手中的黄挎包抱得更紧。

车又静静地朝前开。

世界依旧在静静地运行着。

小女孩永远都不知道，胥富的黄挎包里装着三公斤炸药和七支雷管。她更不知道的是，因为她的几句胥富久未听过的亲切话语，使胥富放弃了干一件惊天大事的冲动。

胥富想干的大事就是让一辆最漂亮的空调车与自己一起在城市最热闹的地方化为灰烬。

赵一枪

○林朝辉

在无名县，最出名的猎手是赵肖交，他拥有百步穿杨的枪法，只要猎物进入他的视野，他就有九成的把握将猎物收入囊中，而且往往是一枪就击中猎物的要害部位，无名县的人送他一个绰号：赵一枪。

赵一枪虽然名声远扬，但打猎的过程中，他也遇上了强劲的对手——独眼狼。

这些年，赵一枪上山打猎时常会碰上那只独眼狼，独眼狼每次见到赵一枪，眼里都会迸射出令人不寒而栗的凶光。独眼狼对赵一枪如此刻骨仇恨当然有它的理由，独眼狼的那只眼睛就是被赵一枪的猎枪打瞎的。三年前，独眼狼还是一只幼狼，在山上，它碰到了猎人赵一枪，当猎人赵一枪举枪瞄准它时，它还睁着天真无邪的眼睛望着赵一枪，那时候的它压根就不知道猎人与狼究竟是什么关系。只是当枪声响起，殷红色的血从它的眼睛里溅出来时，它才明白了一切，拼命地往深山里跑，它一边跑一边发誓一定要报这个深仇大恨。也就从那天起，独眼狼与猎人赵一枪结下了冤仇。赵一枪每次打猎，独眼狼都悄悄地跟上他，好几次，猎人赵一枪都差点成为独眼狼的美食。幸亏赵一枪脑子里的弦绷得很紧，猎枪不离手，在独眼狼朝他狂奔而来时，及时把枪口对准它。独眼狼对枪特别恐惧和敏感，一看到黑洞洞的枪口，马上转过身，风一样旋进密林之中，让猎人赵一枪无从下手。

赵一枪原先在无名县只是一个平庸的猎手，打猎的收入最多混口饭吃，可自从有了强劲对手独眼狼后，他感受到自己的生命受到了威胁。赵一枪是一个有血性的猎手，他发誓一定要拿下对他虎视眈眈的独眼狼，为此，他苦练枪法，终于成了无名县最出色的猎手。

　　赵一枪的枪法长了，可"道高一尺，魔高一丈"，独眼狼也练出了对付赵一枪的一套法子，它跑起来像一阵风，让赵一枪举着枪不知道朝哪放。

　　对于自己的这个凶残的对手，赵一枪费尽心机想消灭它，为此，他在独眼狼经常出没的地方设下陷阱。但独眼狼却绝顶的聪明，它从来不上赵一枪的当，赵一枪对它毫无办法。

　　猎人赵一枪与独眼狼这些年就这样对峙着、周旋着。

　　那是一个细雨纷飞的黎明，猎人赵一枪刚起床，就听到凄凉但并不尖厉的狼嚎声，赵一枪一听到这熟悉的声音，一骨碌便从床上跃了起来。这声音太熟悉了，赵一枪在梦里不知道多少次听到这声音，现在的他不知道自己是在梦里还是在现实中，他踮起脚跟侧耳细听。

　　凄凉但并不尖厉的狼嚎声再次响起。

　　千真万确，这声音是独眼狼在赵一枪的门外发出的。

　　赵一枪顿时又惊又喜，惊的是独眼狼居然敢在大白天来到他家向他发起攻势，喜的是独眼狼现在来到他家门外，那不是自投罗网吗？看来自己与独眼狼之间的恩恩怨怨总算有了一次了断的机会。赵一枪伸出颤抖的手取下挂在墙上的猎枪，慢慢把门打开一条缝。独眼狼此时正端坐在离赵一枪不远的地方，面对从门缝里慢慢伸出的黑油油的猎枪，它没有扑上前来，更没有逃窜，而是颤抖着身子，两眼满含哀求地注视着赵一枪。赵一枪怔了怔，多年打猎的经验告诉他，独眼狼此次来，并不是来与他拼命的，而是有求于他。赵一枪举起的枪口慢慢地朝向地面，独眼狼似乎意识到猎人已有所心动，它站起身子，向门缝边走来，它边走边向赵一枪摇动着尾巴，以示亲昵之意。

赵一枪犹豫了一会儿，最终他还是持枪从门里走出。

独眼狼掉过头，示意赵一枪跟它走。

也许是独眼狼的真诚感动了赵一枪，他跟着独眼狼走。

独眼狼见赵一枪跟上它的步伐，便渐渐加快了速度……

在半山腰上，赵一枪听到独眼狼凄厉的哀嚎声，他赶紧走上前去，只见一头幼狼正在他昨天布下的套夹里挣扎。赵一枪的身子微微一颤，他没想到独眼狼为了救自己的崽子，会铤而走险向自己的死敌求救。

赵一枪的心海顿时被一股浓浓的温情所缠绕，他不假思索地解开套夹，小心翼翼地放出了在套夹里挣扎的幼狼，并在幼狼的腿上涂了自己随身带的创药。

放走幼狼后，赵一枪的脑子里突然冒出《农夫与蛇》的故事，他打了个寒战。难道自己解救了独眼狼的幼狼之后，独眼狼真会像农夫怀里的那条蛇一样狠狠咬上自己一口？想到这儿，赵一枪警觉地把猎枪紧紧握在手里，但当他掉过头看着独眼狼时，发现自己的担心完全是多余的。独眼狼的那只独眼里不再像往日一样充满了狡诈与凶残，更多的是浓浓的亲情与爱意。它爱怜地把饱受创伤的幼狼叼在嘴上，心怀感激地望了望猎人，尔后一步三回头地走进了深山密林。

当独眼狼慢悠悠地走进深山的时候，赵一枪举起了枪。

"砰"一声巨响。在前方行走的独眼狼并不惧怕，因为它坚信赵一枪绝对不会在此时朝它下毒手。

赵一枪确实没有朝独眼狼射击，他只是朝天放了一枪，当回荡在森林上空的枪声逝去后，赵一枪这位铁血男儿眼里竟然涌出了两行混浊的眼泪。也就从那天起，赵一枪挂了枪，离开了这片土地。至于他去了哪里，村里无人知晓。

心有灵犀

○孙道荣

元宵节，局机关组织联欢会，除员工外，还邀请了员工家属和部分合作单位的嘉宾。最后一个节目是"你来比画我来猜"。总共 10 道题，两分钟内答完，满分 10 分。只能比画，不能讲话，考验的是两人彼此了解和默契的程度。

首先上台的是对工作搭档，两个人平时分工合作，被誉为穿连裆裤的一对。比赛开始，字幕上显示的是个苹果。高个子用双手比画出一个圆，然后，右手举到嘴前，"啃"了一口。矮个子心领神会，答苹果。台下鼓掌。下一条，笔记本电脑。高个子想了想，先做个打开盖子的动作，然后十指不停地敲击。矮个子笑了，自信地回答，笔记本电脑。又一阵掌声。比赛继续。第三条，渴。高个子张开嘴，比画着，做了个喝水的动作，矮个子答喝水。高个子直摇头。矮个子又答，喝酒。高个子愁眉苦脸，手做端杯状，送到嘴巴前，看看，摇摇头，又将手腕翻转过来，做倾倒状。矮个子似有所悟，答吃药。台下哄堂大笑。高个子只好示意"过"，答下一题。比赛结束，两人在规定时间内答对 5 道题。

第二对是夫妻。男的是员工，女的是家属。这两口子是局里公认的模范夫妻，男的顾家，没任何不良嗜好，女的贤惠。两人结婚 20 多年还恩爱如初。做这个游戏，对他们来说应该不是什么难事。果然，一开局，两人就连对 4 道题，有道题还充分显示了他俩的恩爱程度。那题是"雨伞"。

男的看看题目，双手比画着，做了一个撑开的动作，然后，右手握着举了起来，但没有举到自己面前，而是远远地向右侧倾斜。妻子笑答："是雨伞。"说实话，答对这道题，并不难，可丈夫举着伞的手，为什么远离自己，向右侧倾斜？妻子笑着解释，我俩一起出门，他都是这样打伞的，因为我总站在他右边。台下爆发热烈的掌声。但这对默契的夫妻却在一道简单的题前卡壳了。大屏幕显示，信。丈夫比画了半天，妻子也没弄明白。也许两人近距离生活久了，信件早已远离他们的生活。最后，这对夫妻答对7道题。

后面几对选手，有同事搭档的、同学搭档的，还有男女朋友搭档的，可得分都没能超过这对夫妻。这也难怪，人家在一起生活了20多年，一个动作，一个眼神，都心领神会，别人怎么可能比他们更心有灵犀呢？

最后一个上场的是局长。谁也没想到，局长会亲自参与这个活动，台下爆发出热烈的掌声。谁是他的搭档？局长环顾台下，对坐在前排的一位嘉宾说，你来和我合作吧。被邀请的嘉宾，是个房地产商，是局里鼎力扶持的一位企业家。局长说，我来比画，你来猜。房地产商点点头。

第一道题，是第一对选手答过的题目："渴。"大家都屏住呼吸想看看，那道难倒了第一对选手的题目，局长是怎么比画的。奇怪，局长却反剪着手，并没有比画的意思。他看了一眼房地产商，又用眼角瞟了一下旁边。房地产商轻声回答："局长渴了，是渴！"半晌，众人才缓过神来。太精彩了，大家使劲地鼓掌。

竞猜继续。当大屏幕上显示出题目时，台下哄堂大笑，题目是"狗"。若论难度，这道题无论是比画还是猜，应该都不难。问题是，比画的人是局长，他会怎么比画呢？局长显得很镇定，他略微思考了下，拿起桌上的一支笔，反转手，将笔垂在后衣摆上，摇了摇。房地产商笑着回答："局长，这应该是一条狗吧？"局长和房地产商，真是配合得太默契了，局长简单的一个比画，甚至只是一个细微的眼神，房地产商都能心领神会，就像是局长肚子里的蛔虫。

10 道题，全对！掌声和嘘声，混杂在一起。主持人和局长耳语了几句，大声说，局长愿给大家一个机会，可以现场出一道题，局长比画，房地产商猜，来考验一下两人的默契程度。

有人自告奋勇，上台，写了三个大字："回锅肉。"局长看看题目，做了三个动作：画一个圈，双手夹了一下，回头。房地产商紧跟着回答：圈就是圈地，只要把地圈下了，就像一口大锅，烂在锅里的都是肉啊。局长双手夹了下，表示吃肉的意思。因此，答案是"回锅肉"。

大家茅塞顿开，再次报以热烈的掌声。可有一点大家还是不太明白，他是怎么看出是"回锅肉"的？房地产商激动地对旁边的人说，领导为你办成功一件事后，都会回头，那是暗示你别忘了给回扣啊。难道这个简单道理，你们都不懂吗？

众皆愕然，随后恍然：这才叫心有灵犀啊！

找　刀

○刘　林

夜半睡半醒着，那些雨点慌里慌张地落下来，噼里啪啦地闯入人混沌的梦境。

雪总是汗涔涔地从床上惊起，像是刚从水里捞上来的，她大口地喘着气，怔怔地沉浸在刚才的梦里，睡梦中各种各样的刀子发疯地往她身上扎着，有时刀子又变成人，在追赶着她。她呆呆地坐着，分不清哪是梦魇哪是现实，梦中一个个熟识的人咋会变成一把把刀子？

怔了一阵，雪叹了口气，像一条回到水里的鱼，在各个房里游窜着。

雪在找那把菜刀。那把菜刀像一个巨大的泡泡破灭后消失在屋子里，一丝踪迹也寻不到。雪翻遍了家中的角角落落，她甚至翕动着鼻翼，企图从浑浊的空气中嗅出菜刀的踪迹。

雪发誓一定要找出那把菜刀。

雪是我的妈妈，我是雪十二岁的女儿团团。

每天深夜，雪把家中弄得一团糟后白天她又重新收拾好屋子，让屋子里的一切变得有秩序，就开始絮叨着向我历数梦中的细节。她说团团，你困吗？奇怪，一到了深夜，我的瞌睡虫就没了。团团，你说，这平日一个个熟识的人咋会在梦里变成一把刀子？刀子有钝的有利的，刀子扎在皮肉里，像拉大锯一样，来回锉着，滋滋叫着……我真是老糊涂了，我咋给团团讲这种吓死人的噩梦呢。团团，你不会害怕吧。

雪并不老，雪才三十出头。雪是一个美丽的女人，只是夜晚降临，都市的霓虹灯闪耀时，雪待在自家的屋子里才会变得邋遢而潦草，像一块被扔在角落里蒙了厚厚灰尘的玉。

我一丝儿也不感到害怕。我巴巴地睁着眼睛，黑暗中雪的噩梦却像花瓣一片片落在我身上。我奇怪我怎么会有这种感受。这几天，我也不停地做梦，我的梦也是各种各样的刀子，刀子最终却变成一只只虫子，虫子有黑的白的黄的蓝的，有大甲虫、瓢虫、七星虫、毛毛虫……它们上上下下在我全身蠕动着，一点点吞噬着身心，没有一丝疼痛，我却感到一种从未有过的快乐。

我一边回味着刚才的快乐，一边在雪的诉说中沉沉睡去。

一到白天，雪就像变了个人，雪变得美丽而优雅，雪变得生动无比，雪精心打扮装饰自己。

雪喜欢对着话筒或来客叙述着那天发生的惊险一幕。

上周六，我是出门后半道上返回头的，我突然发现穿的衣服太艳了，穿这身衣服不适合去看望病人。姨妈特别讲究这个。一向拉着官架子离休的姨父已苦守了十年病床，熬得只剩下一缕游丝般的气息。

我返回头打算换身衣服。

站在家门前，我发现锁眼有些异样，一开始没敢往那方面想，小区是高档别墅区，小偷还真没进来过。那个锁眼怎么也插不进钥匙，我才确信锁被撬了，忙给物业保安部打了电话并报了110。

保安和警察将各个出口堵住了，然后将屋里的贼逮了个准。我认出是住同一个别墅区的，是个看上去二十不到的男孩，据说却有好几年吸食毒品的历史，当初被人拉下水的。人瘦不拉叽的，皮耷在脸上，一双眼陷在眼眶里。我不忍再看第二眼，保安紧攥着男孩的胳膊，我老担心保安会掐断他的胳膊……

雪一遍一遍对人叙述着这起入室盗窃案，雪美丽端庄。我看到一只只虫子在雪的脸上蠕动着，它们在吞噬着雪的表情。

我在心里惨叫一声，像有一把真正的刀子戳在心上。我茫然四顾，我竟不知道那种痛来自何处。

雪说，事后她才知道男孩盯上她很久，平日偌大的别墅就她和女儿住……她没理由不成为男孩打劫的目标。

家中被翻得乱糟糟的，现金和贵重首饰却一样不少。那个男孩知道被包饺子后，将现金和首饰放回原处。雪后来发现厨房丢了一把刚买不久的菜刀。

懂得菜刀下落的人——那个撬锁进屋后行窃的男孩在民警面前打死也不肯说出是他拿了菜刀。

雪听人说贼进屋后一般会先拿到菜刀之类的凶器。

病床上的姨父竟将这一缕游丝般的气息撑了近两个星期，才肯撒手西去。那个入室盗窃的男孩放出来没几天就因过量吸食毒品死了。雪对姨父的死没有丝毫伤心，但听到男孩的死讯雪竟呆了，脸上罩满了忧伤。

一旦不再面对外人时，雪就疯狂地在家中翻箱倒柜地找，找那把去向不明的菜刀。

有一天，雨过天晴，雪突然对我说，团团，那把菜刀找到了。雪说着松了口气，她看了看我，说团团，那把菜刀找到了，你不会再害怕了，你不会再做噩梦了吧。这些天我可被折腾得够呛。团团，瞧我们母女俩为了一把刀竟把日子过得乱糟糟的。

我吃了一惊，一言不发地看着雪，我不明白雪为啥总认定我心里在害怕呢。

雪突然拉起我的手，说团团，我带你去看那个藏刀的地方。你不会想到，男孩竟把冰冷的菜刀藏在世上最温暖的地方。

我和雪穿过客厅，穿过长廊，走进卧室，我看到寂寞空旷的床上摊开了一床温暖的棉被，一把寒光闪闪的菜刀压在被面上，粉红色的被面上有好几只起舞的蝴蝶。这把刀从哪儿来的？这床绣有蝴蝶的被子我曾见雪翻动过好多次。

我看到裹在冰冷的刀锋下的蝴蝶哭了。

那天夜里，我的梦境也结束了。刀子不会再变成虫子，刀子和虫子远离了我。半夜醒来，我感到心中空空的，有一丝丝的失落。雨突然又下了起来，像雪的噩梦，仍如同花瓣一片片落在我身上。我不由打了个寒战，我突然哭了，我的眼泪顷刻间变成了无数的刀子虫子，在吞噬着我的身心。

长安花

○陈　毓

　　至德二年秋天，回到长安的玄宗看上去已全然是一个老人了，他比那些闲坐言他旧事的宫女还要寂寞，他经常陷入很深的思绪里，听凭梧桐和三角枫的叶子在他身前身后簌簌地落，只有匆匆走来的小宫女的脚步声才偶尔惊醒他。那时他会慌张收起掌心的一个小物件，他脸上被打扰后的表情是一片不知今夕何夕的空茫。

　　他老了。不再是那个器宇轩昂、善骑射、通音律、有卓越政治才干的皇帝。也不见那个深情、至情、智慧卓著的男人的形迹，他现在只是一个阴郁、衰老的男人。他是孤家寡人，他是落魄的太上皇。

　　他怕冷，怕太阴暗，他抱怨宫灯不够亮，又担心过于明亮了"环儿不敢来"。

　　可是，那些金子一样的秋天，真的随那个明珠一般的女人的离去，永远地消失了它金子的颜色了吗？

　　她16岁那年邂逅英俊的皇子寿王瑁，懵懂中就成了别人妒羡的寿王妃。四年的王妃生活，似乎只是上天着力要将她从蒙昧少女训练成丰美少妇。

　　公主府上一次偶然的晚宴，她成了皇上眼中的明珠。

　　她跳胡旋舞，那是她最爱的舞蹈，她说那是可以在任何一个地方跳的舞蹈，可以在宫里，可以在树下，可以在旷野，可以在月亮和太阳上跳，也可以在男人的掌心上……

这一次，她的舞蹈在坐在那里观望的男人心里投下一块巨石。他被她的舞蹈深深吸引。他走下座席，亲自为她敲击羯鼓伴舞。他兴致勃勃，浑身上下每一寸关节都是激情，真是"头如青山峰，手如白雨点"。就这样，皇上和王子妃你呼我应，琴瑟相和，演绎了一场盛大的音乐剧。那场演出调动了在场的所有人，那是大唐皇室一场旷古的盛宴，直到音乐和舞蹈戛然而止，所有的人都觉得自己的身体刚刚经历了一场酣畅淋漓之后从未有过的慵懒的幸福和疲倦。

　　她在皇上的安排下出家为尼，她也黯然。毕竟瑁对她是真心爱恋。可另一个男人的出现恰如一面镜子，照出这个朝夕相伴的男人在她心中的样子，他疼她、宠她，可她只觉得他像兄长一般好。而这个男人却叫她眩惑，好奇。就像她和他能演绎出跟任何人都无法演绎的乐音，他叫她内心深处生出光焰，她还看见光焰来处的那个地方，那是以往从未有人能够抵达的一块空地，现在那里一片澄明，只期待它的主人君临其上。

　　她像蓓蕾一样瞬间绽放，绽放成大唐帝国的长安花。

　　皇室的事是复杂的，但对一个内心由衷地没有兴趣、不想闻也不想问的女人来说，复杂即是简单了。她对政治权术不感兴趣、不以为然，她说，我有这么多好东西了，再要什么呢？不要了，再多了没处放。她说爱，她觉得每一个日子都是新的，她才不会担心自己的嘴会把爱说旧了呢。月明星稀之夜，她遥望天河两边的牵牛织女星，问皇上皇宫里的女人和民间的女人谁更幸福，她自问自答，说像环儿和三郎就是不做皇上和娘娘也是好的。她说，她做农妇，也要在庄稼地里给皇上跳舞。而三郎你，就坐在田埂上吹竹笛吧。她在自己想象出的情景里开心。谁都看得出来，那个心气高远的皇上发自内心地爱她，宠她，尊她。皇上感慨说：尔等爱水中鸳鸯，怎比得了我这帐底鸳鸯？皇上还说：尔等说说，是牡丹好，还是我身边这朵解语花好？他时而说桃花别在妃子鬓边这桃花就是"助娇花"，低头看妃子又疑惑到底是花使人娇还是人使花好。他言语风趣，笑声爽朗。

那时的皇宫生活像是乐队演奏到了高潮时分，停也停不住，只能继续欢乐。那是我记忆中最美好的年华，生机勃勃，辉煌炫目，又温暖安详。娱乐，游戏，创造。只有音乐，打通人间和天堂的界限。

《紫云回》《凌波曲》《得宝子》《霓裳羽衣曲》。

有一次，皇上倡议用宫中常见的乐器配合西域传来的众多乐器开一场演奏会。皇上兴致勃勃，再次打羯鼓，他一直说羯鼓是"八音之领袖"。环儿弹奏琵琶，且歌且舞。皇上放下羯鼓，提笔写道："端冕中天，垂衣南面：山河一统皇唐，层霄雨露回春，深宫草木齐芳。升平早奏，韶华好付乐何妨？愿此身终老温柔，白云不羡仙乡。"

又是一个细雨霏霏、梧桐叶落的深秋，玄宗从午后的睡中醒来，听见窗外两个宫女议论李白死去的消息。玄宗问，就是当年为妃子填《清平调词》的李白？他也去了？

云想衣裳花想容，春风拂槛露华浓。

若非群玉山头见，会向瑶台月下逢。

一滴眼泪从他的腮边慢慢地往下坠。

名花倾国两相欢，长得君王带笑看。

解释春风无限恨，沉香亭北倚阑干！

他竟然笑了。那是怎样明亮的久已难觅的笑容啊。

他说他想要沐浴。等宫女伺候他洗浴了，他说想要抹一点儿瑞脑香。抹了香他再说："我睡了，你们不要惊醒我。"

他睡下了，再也没有醒来。

小蜜蜂和小蟋蟀

○郑渊洁

她不是真的小蜜蜂，他也不是真的小蟋蟀。但他们是真的生命。他们为自己的真实身份痛苦，他们给自己起这样的名字表明他们希望转世当蜜蜂和蟋蟀。他们是一个小时之前认识的，同病相怜使他们立即成为朋友。

小蟋蟀是在这座豪华的别墅里出生的，这座房子是他的家。小蜜蜂是不速之客，她是从窗户外边飞进来的。她正好在小蟋蟀身边着陆。

"你好，我叫小蟋蟀。"小蟋蟀主动和她打招呼。

"你好，我叫小蜜蜂。"小蜜蜂说。

他们都笑了。

"外边有意思吗？"小蟋蟀没出去过。

"好是好，只是没咱们的份儿。"小蜜蜂说。

小蟋蟀喜欢她使用"咱们"这个词。

"生下来就被别人恨的滋味不好受。"小蟋蟀叹了口气。

"对于生命来说，出身最重要。"小蜜蜂说。

"这栋别墅的主人是位作家，他如果写一本《转世投胎指南》准畅销。"小蟋蟀说。

"他不在家？"小蜜蜂问。

"他散步去了，要一个多小时。"小蟋蟀说。

"他回来之前我得离开这儿。"

"当然。除非你不想活了。"

"还是你们好，可以躲在桌子底下。"

"你也可以躲在桌子底下呀，你干吗老忍不住想飞呢？"

"有翅膀的东西都想飞，不然要翅膀干什么？有翅膀不能飞比死还难受。"

"笼子里的鸟不是活得挺好吗？"

"那叫活？"

"……不叫。"

"你最想干什么？"

"在人面前大摇大摆走一回，人不杀我。如果他们能夸我走路的姿势好看就更好了。你最想干什么？"

"和你差不多，给人做一次飞行表演，听他们称赞我的飞行技术。"

小蟋蟀和小蜜蜂哈哈大笑。

笑着笑着，他们流下了眼泪。在他们的亲朋好友中，还没有一位是善始善终的，都是被人杀死的。

"你该走了，那作家快回来了。他每天这个时间在这间屋子里用电脑写作。"小蟋蟀提醒小蜜蜂。

"电脑？我想看看电脑。"小蜜蜂听说过电脑，但她没见过。"桌子上那个黑家伙就是电脑，作家管它叫笔记本电脑。"小蟋蟀指给小蜜蜂看。

小蜜蜂飞到电脑上空盘旋，她觉得电脑是个了不起的东西。

别墅的大门响了。

"你快走吧！"小蟋蟀催促小蜜蜂。

"我想看看电脑怎么工作。"小蜜蜂说。

"那你就活不成了。"

"反正早晚也是被杀死。"小蜜蜂禁不住电脑的诱惑。小蟋蟀发愣。

作家走进房间，关上窗户，坐在桌子前，打开电脑。屏幕上出现了一个五彩缤纷的世界。作家在这个世界上创造另一个五彩缤纷的世界。

小蜜蜂兴奋得飞到电脑屏幕前手舞足蹈。作家看见小蜜蜂后皱起眉头，他一低头，又看见了地上的小蟋蟀。他站起来去另一个房间。

"他去拿杀咱们的喷雾剂！"小蟋蟀警告小蜜蜂。

"你快跑！"小蜜蜂对小蟋蟀说。

"不，我要和你在一起。"小蟋蟀舍不得小蜜蜂。

"犯傻?"

"投了这个胎已经傻到家了，早结束早转世。"小蟋蟀说。

"你说得对，不用他杀咱们，咱们自己结束。"小蜜蜂说。

当作家拿着杀虫剂回到书房时，他看见自己的茶杯里有两具溺死的尸体。

一具是苍蝇。一具是蟑螂。作家将茶杯和尸体一同扔了。

一年后，一只真正的小蜜蜂和一只真正的小蟋蟀在这座别墅的花园里久别重逢。

为时已晚

○张晓林

我就是蔡京。

在被贬儋州的路上，途经潭州郊外，被蛇头咬了一口。我很诧异，这颗丑陋的已被尖刀削下来的三角形头颅，竟然会咬破我右手大拇指。

我没有感到痛苦，却好像正仰面躺在李师师的芙蓉帐里，满脑子盘绕着一个问题。

书法我为什么总也写不过米芾——那个疯疯癫癫的家伙？

李师师坐在一面巨大的铜镜前，对镜贴花黄。她已经坐了好几个时辰，可一直没有贴好。我在心里嘲笑她，她是想去赴一个什么人的幽会，只是碍于我的到来，不好启齿罢了。她就这么犹豫着，我也不去戳破这层窗户纸。

"哼，你就煎熬着吧，你这个人间尤物！"

后来，李师师的嘴角慢慢地挂出了一丝微笑，她端来一盘荔枝，剥掉果皮，翘起兰花指，拈起一粒喂进我嘴里。"咕"，这颗荔枝立刻就没了踪影。她又拈起一粒，"咕"，又没了踪影。这声音好像一粒石子丢到了深潭里。

李师师尖叫着跳到一旁。她惊骇地问："你的嘴怎么了？"我朝她笑笑。

李师师花容失色，忽然夺门而去。我看见她逶迤穿过樊楼下的暗道，左拐右拐，逃进皇宫里去了。赵官家牵过她的素手，替她脱去了轻纱长裙，露出了粉红色内衣。赵官家说："跳一曲吧！"

于是，李师师翩翩起舞。她虽说脸色苍白，但丝毫不影响她舞姿的优美。

赵官家走到御案前，铺下黄绢，然后搦起一管紫狼毫，落纸云烟。我心头一凛：原来赵官家风流洒脱的瘦金体竟然是从李师师的舞姿中悟得笔法的啊！我以前怎么没有参透这一层呢？

李师师越舞越快，赵官家的瘦金体书法也愈加婀娜多姿，神采飞扬。舞着舞着，李师师的头发忽然白了，肌肤也一点一点松弛下来，到后来，变成了鸡皮。再去看赵官家的书法，却越发的光芒四射了。我忽然替李师师感到悲哀。

李师师最终在赵官家的笔下变为一具骷髅。我一惊而醒，才发现自己正躺在潭州的荒郊野外。隐约中，我看见老仆人蔡忠在我头前燃起了三炷香。三缕细细的白烟袅袅飘荡在孤山荒野，香头或明或灭。微弱的火光中，我看见无数的小虫子向我爬来。蚂蚁、蟑螂、蝎子、百足虫、屎壳郎等等。它们用触角相互打探着：这家伙是谁呀？在世间没少糟蹋美味佳肴！你们说谁见过这么膏腴的家伙啊？

蔡忠扬起胳膊，想赶走这些可恶的虫子。可是，没有一只虫子愿意听他的话。

蔡忠伏下身，把我背在他的背上，踉踉跄跄地跑起来。他把我背到山脚下的一个池塘边。池塘一角泊着一只破旧的竹筏。他把我放在筏上，解开绳索，使劲一推，竹筏就漂荡起来。

蔡忠跪在泥草里，磕了几个头，嘴里说："老爷，你是贵人啊！不能让虫子糟蹋你。不把你放在筏子上，虫子就会把你吃掉。"

我又想起了米芾。那是在金明池的画舫上。我正与三五个文人雅士赏玩谢安的《八月十五帖》，不想米芾一下子跳过来就把帖搂在了怀里。这个动作来得太突然了，我一点心理准备都没有。我说："老米，你这是干啥?"米芾弯着腰死死搂着《八月十五帖》，带着哭腔哀求说："请太师割爱!"我迟疑了一下，还没说什么，那个疯子就抱着法帖想往水里跳，还哭着喊："不得此帖，生不如死!"

罢了! 连赵官家都没办法这个疯子，我也不能与他一般见识。按说，死你八个米芾我也不会皱一下眉头。但这是在我的舟中，如果哪天米疯子真跳水死了，我的政敌一定会趁机大做文章，我脸上会没光彩。况且中国不是有句老话吗? 宰相肚里能撑船。一帧法帖又算得了什么呢? 只是有一点让我弄不明白，那天怎么事先没有注意到米疯子也在船上?

远处传来了几声猿啼，婉转凄凉，催人泪下。蔡忠去了哪里? 我得问问他把我的长须主簿（长锋羊毫笔）与七星宝砚带来没有。那一次，想挥毫作书了，不想用得顺手的那支长须主簿怎么都找不到了，为此我还把蔡忠狠狠地骂了一顿。

说实话，我内心深处恨米芾。他曾向我炫耀："一日不书，便觉思涩。"还说："我无富贵愿，独好古人札。"更有甚者，他说他死后愿化为一条蠹鱼，在古人法帖间畅游。鬼知道，这家伙是不是在讥刺我。

这次我被贬出东京，没有一个人给我饯行，只有米芾去了。我知道他是为我收藏的那些古人法帖去的。但我还是愿意把那几帧王羲之、王献之、张长史的墨迹送给他。

黑暗退去了。我身下是一汪清澈的潭水，鱼儿在水里悠闲地游动。一缕细流溢出岸沿，滴到洼处的一块顽石上，顽石上便荡出一窝温润的晕圈。晕圈光滑自然，不见一丝斧凿的痕迹。

我看得呆了。

忽然，我狂喊道："我明白了!"

我急着去寻找我的毛笔。可是，我右手的大拇指已焦黑如炭。

三重门

○谢志强

大刘看见 A 城街上贴出拆迁旧宅区的公告，立即想到去那套老屋住个三天两天。他对妻子说：这两天，我去老屋了结一下，老屋总算要拆了。

五年没去老屋，那位照看屋子的老头儿正坐在门前喝茶。老人老屋，仿佛一桩事儿发展到了尽头。

大刘说：老人家，我打算住两天，最后感受一下老屋的气息。

老头儿说：我照看老屋五个年头，这下子有空出去走走了。

大刘说：老屋也没啥值钱的东西，小偷也懒得来偷，你这么板直地守着，真难为你了。

老头儿拿出腰里挂着的一串钥匙，说：交给你了。

大刘说：怎么多出两把钥匙？

老头儿说：我一直住在外边的灶间，你们住的地方我锁了。

大刘说：我交给你两把钥匙，怎么多出两把呢？

老头儿说：里边还有两道门。

大刘惊奇了，说：我怎么不知道？住了那么多年，我爹也没提起过呢。

老头儿给他指点每把钥匙的记号，说：第二道门，也就是你住过的屋子里边那道门，你可以去看。可是，第三道门，千万别去开，切记。好了，我走了。

　　大刘琢磨，五年前临时雇来照看屋子的老头儿，恐怕早就熟悉他的家了，而且，比他还了解，甚至比他去世的父亲还了解这屋子。岁月仿佛已在老头儿身上凝固了，他并不比五年前显老呢。

　　大刘打开第一道门的锁。他闻到了五年前的气息，是老屋散发出的气息。屋内的设施都已陈旧，桌、椅、床一尘不染，似乎一直有人在居住。他吃不准的是，被褥怎么叠铺得那么整齐，这只能出自他的手。晚上，他睡下，听到了公鸡打鸣母鸡咯咯叫。随后，还有鸟啼，他记得五年前这里还是郊区。只是，他听到儿子叫他"爸爸"的稚嫩的声音，确实是他第一次听到的儿子牙牙学语最可亲的声音。他躺着，儿子发出婴儿的哭声，又响起妻子安抚儿子的声音。这里是儿子诞生地。最后，他闻到了被子散发出的太阳的气息。

　　他醒过来，天还没亮。他所熟悉的气息弥漫在屋子里，那些气息，使他想到夜色淹没的物和人。其中，枕头上有妻子的体香和儿子的乳香，甚至，还可以听到均匀的鼻息声。可是，他拉亮灯，只有他自己。他不愿赖被窝，起床。裤袋里那串钥匙发出金属摩擦的声音。他想到第二道门。老头儿说的第二道门在哪儿？爷爷、父亲一辈子都住在这屋子里，怎么就没提起过屋子里还有另外一间屋子呢？难道这个家，还有什么瞒着他？而老头儿似乎清楚其中的秘密。

　　他依次敲击着墙壁，却听不出什么。他去挪贴墙置放的立橱，挪不动。他拉开橱门，里边数只蟑螂一闪，不见了。橱内壁挂着一把锁，老式的铜锁。掏出钥匙，一插，锁轻易地打开了。橱内壁本身就是一扇门。橱很沉，记忆里，他从来没去挪动过。

　　门里边，竟是个院子。他怎么没见过屋背后的院子？院子里有一个池塘。一池塘的荷花，开得正艳。一抹红影在水中流动，是鱼。他想起一个遥远的梦，梦里，他变成一条鱼，拼命地逃，不知什么在追撵他。他看见鱼就想到自己。脱了汗衫，裤衩，赤条条一丝不挂，扑通跳进池塘。不料，水那么深。他是个旱鸭子，不习水性，呛了水，头浮出来，喊救命。父亲赶来救起了他。那时起，他就对水有了畏惧。现在，他置身这个院子，连连呕吐，好像呛了一肚子水。父亲拍他的背脊，他察觉自己是个孩子，但他还保留着成年人的视角：他看见了他遗忘了的童年，他发现了自己畏水的原因。

不过，他好像刚刚来到这个世界，第一次呛了水，狭窄的世界便宽阔了些。他听说这个池塘通往地球的另一端，他庆幸自己没有沉入深处。水弄得他满脑子一派混沌。钥匙悦耳的金属声响起。他的眼里，院子里隐匿着无数扇门。钥匙唤起了他的好奇。好像是钥匙迫不及待地要去找相配的门锁。他羡慕大人，恨不得快快长成父亲那样。已经是成年人的他似乎是童年的他的一个未来的影子。

钥匙时不时地响，响得他焦急。他终于在院墙的爬山虎藤叶间发现一把生锈的锁。他根据老人的叮嘱，挑出最后一把钥匙，很费劲地在锁眼里旋转，锁开了。第三道门里，却是一间屋子，阴沉沉的屋子，一股又潮又霉的气味迎面扑来，他打了个响亮的喷嚏。

老头儿的声音：你还是来了，好奇把你引到这里来了。

大刘看到了自己孩子时的模样，说：老爷爷，你在这儿干啥？

老头儿说：我等你呢，过来，躺下。猛地，大刘脑子里闪出多年前的一个梦，梦里，他碰到了衰老的自己，他没料到自己会那么可怜。他犯困了，老头儿起身，大刘躺下，床板很硬。于是，他听到了哭声，隐约看见了妻子儿子穿着丧服。

老头儿说：你不该开这道门，你已经退不出去了。

大刘的胡子如同茅草一样，他看到满脸的皱纹如同久旱的田地一样。妻子哭诉着：你走得这么快，落下了我们。

大刘感到自己闯进了别人的记忆的屋子里，他欣慰地想：有人哭，足够了。

踢踏歌

○王　洋

皮卡四十岁才得一子，妻杜鹃奶水不足，只得添加配方奶粉。

儿子每次喝奶粉都手动脚摇、哭天号地。皮卡就在儿子喝奶粉的时候做一些古怪动作，以此让儿子安静下来。这样过了一段时间，儿子看腻了皮卡的那一套古怪动作，小家伙喝奶粉的时候又不安分了。

有一天，儿子喝奶粉的时候哭闹，皮卡给儿子跳舞。那天，皮卡穿的是一双旧皮鞋，皮鞋跟儿钉了掌，走起路来咔咔响。皮卡年轻的时候曾经学过踢踏舞，后来因为种种原因荒废了。

皮卡在客厅的一块空地上跳起来，前刷、后刷、跺脚、单脚跳、重拖步、拖滑步……儿子的眼睛一眨也不眨地盯着皮卡，皮卡跳完了，儿子也喝完了奶。

从那以后，儿子喝奶粉的时候，皮卡就给儿子跳踢踏舞，客厅成了皮卡的舞台，他脚步不停，舞动不停。杜鹃哼一首歌，皮卡踏着那首歌的旋律跳起来。杜鹃的一首歌哼完了，皮卡停下了脚步，吃饱了的儿子咧开嘴巴咯咯笑了。

临近春节的时候，单位里要排演一场联欢晚会，任务下达到各个科室，每个科室要拿出一两个节目。科里的几个员工都比皮卡年龄大，这个任务就落在了皮卡身上，他们说："你年轻，你上吧。"

单位的联欢晚会上，皮卡在没有任何伴奏的情况下用踢踏舞步奏出一首大家都熟悉的旋律。当皮卡一脸汗水地停下舞步，台下鸦雀无声，过了足足有两分钟，响起雷鸣般的掌声。

皮卡在单位里一下子红了。原来在单位里默默无闻的皮卡，现在只要一走进单位，就有人热情地和他打招呼，就连局长见了他也会说一句："小伙子，跳得不错。"

皮卡的踢踏舞上报到了市里，经过层层筛选，最终入选市春节联欢晚会节目大名单中，并将在电视中直播。

在准备节目的日子里，皮卡待在家里，一门心思练节目。局长还特批了经费给皮卡准备服饰、踢踏舞鞋。

直播晚会的日子到来了，皮卡在杜鹃的叮咛中，在单位员工、局长的期待中登场了。

皮卡站在灯光辉煌的舞台上，朝台下深深鞠了一躬，长吸了一口气，开始了他的踢踏歌。

起初，皮卡还有些紧张、生疏，台下一个孩子的啼哭声让皮卡仿佛听到儿子哭闹着不喝奶粉了，他的舞步开始流畅、协调了，他甚至听见妻子杜鹃在哼一首熟悉的歌谣。杜鹃一手拿奶瓶喂儿子，一边目光深情地注视着他，脚下的这方舞台成了皮卡家里的客厅。他潇洒自如，流畅优美，旋律似天籁之音，流淌下来……

当皮卡一身汗水地站在舞台中央时，空气凝固了，直播间里出现短暂的冷场。直到一个长发飘飘的女子把一束鲜花献给皮卡，并拥抱了他的时候，台下的观众才像刚从梦中醒来，潮水般的掌声一波刚落，一波又起。

晚会结束后的很长一段时间里，皮卡沉醉在舞台上那让人心醉的一幕，长发女子的深情拥抱，那一抱，像一个经典场景，在他的梦里一遍遍播放。

儿子哭闹着不喝奶粉的时候，皮卡跳得有些走神了，不但杜鹃觉察到了，儿子似乎也感觉到了。皮卡突然停止了跳踢踏舞，儿子哭得更厉害了，杜鹃说："快跳呀，儿子不喝奶粉了。"皮卡朝杜鹃咆哮了一句："不想喝就饿他三天。"杜鹃看着丈夫的反常表情，张了张嘴巴，皮卡恼怒地走出家门。

皮卡沿着街道走着，走到沿河边的一处公园里，他看到一个长发飘飘的女子，此女子太像彼女子了，那个在梦里一遍遍重复播放的经典场景又一次重播了。皮卡走向长发女子，伸出双臂，拥抱女子年轻的、洋溢着青春气息的躯体……皮卡走向长发女子的时候没有看见前面有一个凹坑，他的眼前一黑，重重地跌倒了。

皮卡伤好出院后，他的一只脚再也不能跳踢踏舞了，那只脚在行走的时候发出踢踏、踢踏极不协调的杂音。

田　丰

○邓洪卫

　　田丰是袁绍最重要的谋士。他是冀州巨鹿田家庄人。

　　田丰从小天资聪颖，机灵过人。满脑袋钟表瓢子，螺丝轴子。庄上人都说，田家的这小子，是个人精。

　　庄上人教育自己的孩子，都拿田丰做榜样。你看看人家田丰，那脑袋是什么脑袋，将来肯定有大出息。再看看你们的脑袋，木疙瘩，面糊子。你们要向田丰好好学习。

　　田丰二十岁，只身来到京城闯荡，朝廷很赏识他，很快就让他做了侍御史。做了几年，田丰觉得没意思。因为当时宦官专权。田丰就把大印一挂，回乡了。

　　当初，田丰进京的时候，庄里人都出来送行，认为田丰此去必能做大官。田丰做了大官后，庄里人奔走相告，都为庄上出这么一个大官而高兴。可是现在田丰回来了，庄里人都泄了气。敢情不是有学问、有本事的人都能做官的，更重要的是看脾性对不对官场的路子。

　　庄上人的态度就有所转变，甚至疏远了田丰。只有一人，是田丰的本家亲戚，叫田喜的，还很敬重田丰。他让自己的儿子没事多往田丰那儿跑。

　　田喜的儿子，叫田七，跟在田丰后面，照应着田丰的生活。每天早晨，田丰和田七爷儿俩，一前一后，在庄子外面的树林里读书。黄昏，这爷儿俩在小树林里悠闲地散步。清风徐来，鸟鸣悦耳。那场景，十分悠然自得。

田喜对田七说，这叫近墨者黑，近朱者赤。再说，田丰这样的人，终非池中之物，日后定成大事。果然，有一天，庄外来了一队人马，为首的气宇轩昂，像个大人物，拉了几大车礼物来请田丰。大人物亲自为他挑起车帘。田丰大模大样地上了车。大队人马出了庄。后面还跟着一个人。谁呀？田七。

田丰看到了，下了车，把田七带到车上。他对大人物说，这是我本家侄子。跟我多年，有感情啦。

这大人物可不是别人，乃是渤海太守袁绍。刚在朝廷跟权臣董卓打了一架，回了渤海，网罗人才，想讨伐董卓。听人说田丰是个人才，特地来请。

田丰一出场，略施小计，帮助袁绍大破公孙瓒。很快，袁绍用田丰之谋，平定了河北，拥有冀、青、幽、并四州，成为当时实力最强大的诸侯。

如果按着田丰的意见走下去，袁绍很快就会问鼎中原，统一中国。可是，接下来，却不顺当了。袁绍势力大了，骄傲了，刚愎自用了。他的眼里已经放不下那些谋士，包括田丰。甚至，他把田丰先生关起来了。因为田丰老是顶撞他。袁绍想，作为领导，我可以摆出个虚怀若谷的姿态，可你作为臣子，不能太不懂规矩。

袁绍听了刘备的话，要进兵官渡。田丰劝阻：明公万万不可进军啊，进军必败。

袁绍火了：人马未动，你就出此不吉之言，可恼。来人，把他关起来！左右过来，把田先生摁住了。田先生扛着脑袋，叫，你杀了我，我也反对你出兵。袁绍说，我不杀你。待我灭了曹贼，再来看你如何回答我。就这么着，田先生下了狱。

按说，监狱里的生活应该很苦的。可田先生一点苦都没受。

狱卒是田七。田七本来跟着田丰，帮着打理家务。田丰也很喜欢他。可是，田七跟着田丰时间长了，脾气跟田丰有点相似，老是给田丰提意见。比如，田先生，您的胡子应该理理了。您应该吃早饭，不吃早饭容易得胆结石。您不能老熬夜，熬夜是完美皮肤的大敌。生活方面的说说也就罢了。工作上的事，田七也管。田七说，您不能老是直谏主公，直谏他会烦的。说到底，事情是他们袁家的，跟您有什么关系呢？

　　久而久之，田丰烦，把田七逐出府。田七没走远，就在冀州重找了份工作，到监狱里当差。

　　田七对田丰说，先生，我早就料到您会到这儿来，所以，我早一步在这儿等着。

　　把一向不苟言笑的田丰逗笑了。笑完之后，一声长叹，我读了这么多年书，还不如田七呢！

　　田丰不闲着，让田七送来笔墨纸砚，给袁绍写信。写好信，让田七送出去。

　　一封又一封，一开始还是劝谏袁绍不宜出兵。后来，就给袁绍出谋划策，告诉他怎么打。田丰说，如果袁公按照我说的办，还可以有胜利的希望。

　　有一天，田七高高兴兴地过来了，带着酒菜。一进门就说，恭喜先生！

　　田丰说，主公胜利而归了。

　　田七说，哪呀，主公在官渡被曹操杀得大败，就要回冀州了。

　　田丰一听，愣住了，半晌才回过神来，长叹一声，我命休矣！

　　田七奇怪地问，主公败了，说明您当初劝他不出兵的主张是对的，他会醒悟过来，把您请出去继续当官啊，您怎么会说没命呢？

　　田丰说，如果他胜利了，他还能放过我；他败了，必然羞见我，杀死我。

第二天，袁绍的使者就来了，扔给田丰一把宝剑，赐死！田七放声大哭。

田丰说，事到如今，就不要哭了，哭有何用？

田七说，都怪我呀，您让我转给主公的书信，我一封都没送过，都负气点火烧了。

田丰说，不怪你。送过去，他也不会采纳。这是天命。又转身说，当年，我们耕读在田家庄，早读晚练，何等自得啊。这样的日子一去不复返了。说着，田丰把宝剑横在脖子上……

田七大哭一场，把田丰的尸身运回田家庄，安葬在那片小树林里。

昨夜小楼

○谷　凡

　　她出名了，一夜之间，她就出名了。作为一名娱乐节目的主持人，她的出名当然是很简单的，尽管这些事情她想了很多次，但真的来到头上，她还是那么的不适应。她不能再随便地去逛街，她需要什么东西，会有人专门去为她买，她也不能再随便和朋友打电话聊天儿了，因为她现在是名人了。

　　开始，她的一些要好的朋友知道她主持节目出名了，纷纷打电话给她，她接，也高兴。后来有邻居，还有一些见面不说话但又面熟的人打电话，再有就是朋友的朋友。她的电话是越接越多，越多越没意思，但她告诫自己，一定要保持一颗平常的心，她不能做一个脱离大众的名人。

　　没有出名多久，她的生活出现了一种模式，一种很固定的模式，从家到化妆间，从化妆间到演播厅，眼睛里看的是车里风景。尽管她强烈要求过自己一定要像没出名一样，但不知不觉中，有些事情就变了。她说话，包括和同事打招呼，都有所保留了。她可以没有名人的架子，但一定要有名人的分寸，因为名人，需要保持形象。她这么认为。

　　和她恋爱两年的男友，突然提出要和她分手，这让她有点没想到。她出名以后，也考虑过他们的关系，但她并不想这么快和他结束，更不愿意周围的人对她有什么看法。她问男友分手的理由，男友说父母不希望他娶一个名人做老婆。她对这些根本不屑一顾，她觉得这是男友父母的自知之明。

分手了，她甚至没有难过，反正是他提出的，无所谓的。

她继续过她的名人生活，继续被大众喜欢，继续和圈外人不接触。她不是那种有钱就能叫到的名人，除了她的节目，其他的活动她基本拒绝参加。朋友约她聚会，她很自然地拒绝了，即使必要的聚会，她也不想参加了。圈内人说她傻，为什么不趁现在多挣点钱，她只是笑笑，不作任何解释。

她没事的时候喜欢看各种各样的书，大量的阅读让她获得了一种解脱。她主持的节目越来越好看，越来越受大众喜爱，可她觉得自己的生活越来越空，空得让她有些难过。

那一天，她听到了一个消息，她曾经的男友结婚了，有了一个孩子。起初她对这个消息并不在意，因为这太正常了，但晚上的时候，她却没有按时睡着。她觉得他们像是刚刚分手，怎么时间已经过去了三年，三年时间，有多漫长呀！想到这些，她难过了，整整一个晚上，她都没有睡着，或是睡着了马上又醒来，醒来后她就想到了她的男友，他的家庭，他的孩子，还有他的父母。

虽然他们是大学同学，但这样的感情基础并不能让他们再相爱下去，她感觉事情严重了。自从和他分手后，她一直没有男朋友，她不想和那些太过豪阔的男人接触，这让她感觉不安全。她也不想和那些太过平庸的男人接触，因为这样她会让别人感觉不安全。

她开始失眠了，整夜整夜睡不着觉。

她依旧是用名人的姿势，生活着，微笑着。

那天该上她的节目，化妆的时间到了，她却没到。打电话，没人接听，打到家里，说她不在。

她消失了，像这个城市上空的一朵浮云。开始有人议论她的行踪，有说她跟着一个老外出国了，有说她到另外一个城市发展了。这些说法终归是一些议论，而真实的情况，谁也不清楚。

千 古

○张俊杰

这是今年咸阳的第一场雪，长空暗暗，冷风凄凄。

我闭目静立院中，感受着这份切肤的凄凉。

眼前又浮现出七年前易水诀别的一幕，那天风疾水寒，三尺怒涛激荡着仇恨，太子丹和宾客皆白衣白冠。我奋力击筑，荆兄慷慨悲歌，"风萧萧兮易水寒，壮士一去兮不复还"，歌声惨烈，在滚滚波涛上炸响，宾客无不血脉贲张，肝胆欲裂。

这是一次激昂慷慨的壮烈送别！

一生能得一这样的诀别，足矣！

先生，筑收拾好了吗？琴童问我，今晚还有演出呢！

对，今晚嬴政要听我击筑，那个杀死荆兄的人要听我击筑，那个灭掉燕国的人要听我击筑。

荆兄的头颅很快被送回燕国，随之而来的还有一封国书——速献太子丹头颅于秦。太子丹害怕了，燕王喜也害怕了。

我默默地看着荆兄的头颅，无限惋惜，更多的是感动。

嬴政疯狂了，仅十个月，便攻破蓟城。燕王喜无奈，忍泪斩下太子丹的头颅送给嬴政，然而这时嬴政不要了，他要的是灭掉燕国，诛尽太子丹的同党。

我无奈，更名改姓，混迹在宋子城，为人做佣。

那是一段肝肺欲裂的日子，那是一段灵魂出窍的日子。屈心抑志，忍尤攘诟，我不知道我能坚持多久。

一天，主人宴请宾客，席间忽有筑音传出。一声一韵，一丝一缕，如无数小虫钻进我心里，啃噬着我的灵魂。我又一次羡慕起荆兄来，奋然一击，壮烈辉煌，一生能有这样一击，足矣！

我决定也去刺秦，这样的生活我过够了。

嬴政不是喜欢听击筑吗？那就再从筑开始吧，这也正是我的所长。我故意大声说，那筑的声调有善有不善。马上有仆人将我的话汇报给主人，主人听后果然生气，命我上前去击筑。我用力搓搓手，盘腿坐在筑前，我的手指一挨筑便有了生命，如同一群精灵在舞动。宾客震惊了，拍手称善。我好长时间没尽情击筑了，我的生命需要宣泄，不击筑我会发疯。我尽情演奏，旁若无人，激越处金铁皆鸣，低回处静寂无声。

一曲终了，我便被敬为上宾，声名大振，宋子城的贵族纷纷邀请。

消息很快就传到秦国，嬴政派人来召我了。

一进秦廷我的身份还是很快暴露了。嬴政犹豫再三，他酷爱听筑，除了我没有人能让他满意。最终他心里一软，派人用马粪熏瞎了我的双眼，留我在宫中击筑。

我强忍疼痛，叩首碰地，谢主隆恩。

很快，我的名字传遍秦宫内外，人们纷纷议论，说我是一个没骨气的艺人。

嬴政多疑，每次听筑，必距我七尺之外。

他愈怀疑，我愈卖力，倾我所能让他陶醉，我的名声也愈来愈为人所不齿。

在筑乐的召唤下，嬴政终于靠近我身边，我甚至能听到他微弱的鼻息，我知道时辰快到了。

先生，请用膳吧，琴童又来催我，大王已经派车来接了。

好，我应了一声。今晚，一切都在今晚，我心中如野草在疯长。

晚上，我奋力击筑，尽情演奏，我知道这是我最后一次击筑了，真是无限留恋。

我舞起竹尺，筑声悠悠响起，如江水流淌。

我知道嬴政尚武，便加快击打节奏，筑声绵密，似浪涛滚滚，奔流而去，又如狂风暴雨，抽打着大地。

我听见嬴政轻轻移动的脚步声了。

我陡然发力，筑声无比刚烈，断金截玉，如砂似暴，和着易水的涛声，在天地间激越跳荡。

我仿佛又听到荆轲的歌声，又看到他愈来愈小的身影，衣袂乱飞，如一面狂风扯动的战旗。嬴政震惊了，我听到了他急促的喘息。

我咬紧牙关，闭紧双眼，奇怪，那一刻我瞎了多日的眼睛竟又流出泪水。

接下来的情况估计大家都知道了，当灌满铅的筑向嬴政击去时，机警的嬴政慌忙一闪，筑擦着他的肩头飞了过去，落地，裂开，铅块尽出。

武值警醒，上前扭住了我。

嬴政脸色大变，咆哮道：带下去，凌迟！

我哈哈大笑，我隐忍多年，就是为这尽情一击。

伴随这一击，我知道我成也千古，败也千古了。

回　家

○黎紫书

2009 年 1 月 15 日，通过举报人提供的信息与当地公安的配合，我们终于成功把犯罪嫌疑人抓捕归案。

在当地的一家医院里，我亲手给病床上的他戴上手铐。

"七年了。"我说，"我们来带你回家。"

犯罪嫌疑人浑身一颤。

据医生说，这人患有严重的失眠症，身体状况很差。

这点我们可以看出来。他太瘦了，眼眶深陷，而且精神十分紧张，以致心律不齐，呼吸急促。像绷得太紧随时会断裂的弦。

上一次断裂，他杀了自己的妻子，重伤一个男人。

七年的失眠症把他折磨得不成人形，要不是有人举报，别说我们不可能把他认出来，就算是让他的父母亲眼看见，也未必能够辨识。再说，他的父母实在太老了，母亲还哭瞎了眼睛。

在犯罪嫌疑人的住处，我们循例搜了一下，在一个铁罐子里找到几张火车票。五年了，每年春节前他都会买一张回乡的车票。

在检查那些车票时，他轻声地说了整个过程中唯一的一句话。"早知道你们会来，我今年就不必去排队了。"

我们用警车把他送回去。十几个小时的车程，他一直在高度紧绷的状态中，完全没有合上眼。倒是我们几个同事累得不行，必须轮流休息，交替看守。

直至凌晨时车子进入境内，要经过他家的村子。

他忽然挺直腰背，两手紧扣，怔怔地凝视着那个方向，那个黑暗中的远处。

车子都已经过去了，他依然要回过头去。

我那时正在半梦半醒之中，依稀听到车厢里有人长长地叹了一口气。

抵达派出所时，天刚破晓。我伸了个懒腰，回头看看后座的犯罪嫌疑人，他合上双眼，斜着头枕在车窗上。

阳光像一张落叶掉在他的脸上。我听到均匀的鼾声。

无鸟之城

○蔡　楠

我们这座城市，已经很久没有看到鸟儿了。工厂里林立的烟囱，浓烟笼罩下鳞次栉比的楼房以及街道上密密麻麻的车辆和人群足以让鸟儿们望而生畏了。没有足够大的空间和足够好的空气，鸟儿凭依什么来憩息和飞翔呢？

然而，文学青年蓝海洋却天天期望鸟儿的出现。蓝海洋在一个很清闲的部门工作，有着一份很清闲的工作，有着大段大段的清闲时间供他自由读书自由遐想。读书累了，他就双手托腮在窗前对着天空凝眸远眺，阳光、云朵，还有灰不溜秋的天空，却没有鸟儿飞翔的踪影。蓝海洋就想：这个社会人太多了才不会被重视，鸟儿又太少了才让人如此期盼，什么时候自己能变成一只鸟儿，飞出这笼子一样的楼房呢？

这种念头越积越大，便膨胀成了渴望的气球。渴望的气球长出了蓝海洋的胸膛，蓝海洋就觉得他有试着飞翔的必要了。也许飞翔不仅是鸟儿的天性，人也会飞吧？只是因为他们习惯了行走和坐卧才忘记了飞翔的本能。如果通过我的试飞而挖掘出人的飞翔本能从而成为一只自由的鸟儿，岂不是我对这个世界至少是对这个城市的贡献？

这样想了几天，蓝海洋就觉得应该付诸行动了。那天早晨，他换上了一身宽大的衣服，从单身宿舍里出来，爬上了单位的楼顶。他在楼顶上跑了几圈，停住，伸臂，踢腿，扩胸，又弹跳了几下，对着天空用尽生平气力呐喊了一声，我要飞翔——

声音从天空飘下，砸落在大院内已经来上班的人们身上。整个单位的人都抬起了他们的头。蓝海洋的目光扫过天空，扫过这个城市的楼宇，然后与人们眺望的目光相撞了。他发现了大家的目光是惊喜的，渴盼的，赞许的，甚至是鼓励的。

蓝海洋毫不犹豫地来到楼顶中央，一阵激烈的助跑后，张开双臂来了一个激越的弹跳，他就真的飞翔起来了。

他的飞翔是轻盈的，缓慢的，宽大的衣裤在风中飘曳着，飞舞着。开始是向上的，继而是平行的，接着就开始了下坠。蓝海洋屏住呼吸，揪着头发，努力向上提着身子，却怎么也控制不了下坠。后来，他的身子开始了旋转。他看到了大院的人们四散奔跑，有几个人还扯起了苫盖货物的篷布。他正向那篷布平躺着落去。随着嘭的一声，他就什么也不知道了。

蓝海洋第一次飞翔没有成功。他落了个驼背。出院的那天，医生将包着驼背的纱布撤去之后，竟然发现他的驼背上长出了两个对称的肉芽。医生奇怪地用手术钳去夹那肉芽，没想到钳子一触，那肉芽竟然活动起来，生长起来，眼见着就长成了一对巨大的翅膀。医生惊叫一声扔了手术钳，遇到鬼怪一样跑出了病房。

蓝海洋却兴奋地啊啊大叫起来，他用力抖抖双翅，走出屋子，穿过医院长长的走廊，穿过人们愕然的目光，来到了喧闹的大街上。蓝海洋做了一个深呼吸，展开双翅，又是一阵助跑，这回真的飞翔起来了。他飞呀飞呀，飞过楼房，飞过我们这座城市，穿过烟霭，穿过云朵，看到了云朵上面的丽日和蓝天，也看到了一架直升飞机正在头顶掠过……蓝海洋想鸟儿呢？鸟儿在哪里？我是因为城市没有鸟儿才变成鸟儿的，我以后应该和鸟儿们在一起生活才对呀！这样想着，蓝海洋就从天空中降落下来，飞翔着盘旋着来到了城外的一片树林里。

那是一片很大很密的槐树林，在一条河流的北岸。开满槐花的槐树林里聚集着各种各样的鸟儿，蓝海洋来的时候，鸟儿们正开会商量迁移的事。因为一个外商看中了这块地方，要毁掉槐林开办一个娱乐场。鸟儿们不得不另觅栖息之地了。蓝海洋的到来，加速了鸟儿们迁移的进程。鸟儿们惧怕这个同类中的"异类"，头鸟一声长叫，槐林卷起了一阵旋风，黑压压的鸟群霎时潮退一样飞走了。缤纷的槐花落在地上铺得足有一尺厚。

蓝海洋想向鸟儿大喊，别跑别跑你们别跑我也是一只鸟儿呀！可他已经说不出话了，嗓子里只会发出沙哑而难听的"呜呜呀呀"之声了。蓝海洋就只得在一棵百年古槐上瘫软了自己，双翅无力地垂落在树杈之间。

砰——一声枪响。蓝海洋的翅膀被击中了。他"呜呀"一声，绝望地落在了满地的槐花上。

两个猎手跑了过来。猎手本来是捕猎那一大群小鸟儿的，没想到蓝海洋来了，鸟儿们意外地得救了。鸟群飞走了，蓝海洋竟成了猎手的收获。

两个猎手把蓝海洋又带回了我们这座城市，把他卖给了刚刚建起的公园。饲养员把他放在了一个特别的铁笼里。

从此，我们这座无鸟之城有了一只鸟儿，而且还是只人鸟儿。

人　偶

○吴卫华

　　泉州江大敢，以雕刻提线木偶闻名，他那精湛的技艺，冠绝一时。

　　福建泉州的提线木偶，高约二尺半，是闻名世界的中国民间工艺珍品。制作一尊木偶，一般来说有十几道工序：选材、粗坯（刻画五官）、精雕、裱纸、磨光、补隙、刷泥、上粉、开脸（描绘脸谱）、盖蜡等。每尊木偶上设置十六条到三十余条纤细悬丝，悬丝集中于交牌，表演时，艺人那繁复奇妙的线工，将一尊尊服饰鲜明表情生动的木偶操纵得无所不能妙趣横生。

　　每年农历八月八日至十二日，是泉州提线木偶戏的大集会，这一集会历史悠久规模宏大，历经百余年而不衰。天下提线木偶戏的艺人云集泉州，共襄盛事。人山人海中，到处都是表演提线木偶戏的，有成规模成建制的木偶戏剧团，有三五个人组成一班的江湖艺人，更有那单人匹马自己操纵自己吆喝的，形形色色五花八门。集会上的艺人，跑江湖的占多数。

　　有年八月十二日，也就是那年泉州提线木偶戏集会的最后一天。江大敢已经在集会上逛游几天了，不是观摩就是和那些艺人切磋。集会上展示的提线木偶，虽然平庸之作居多，但也不乏精品。木偶讲究的是头坯，多为樟木刻制，也有椴木、柳木的，以轮廓清晰线条洗练为佳，开脸盖蜡后，就越发眉眼传神形象逼真。尤其是一些神形酷肖的精品，提拎出来简直就是一个个活生生的小人儿。

　　在集会的最后的一天，人们争先恐后地去围观一个演线戏的人。江大敢费了九牛二虎之力才钻进人群的里圈，里圈的中间是驾带有结实包厢的大马车。一个络腮胡子的大汉正在场地上操纵一个粉雕玉琢样的娃娃木偶转动一把小伞，打伞、转伞、收伞，这样高难度的线工活儿，那个貌似粗笨的络腮胡子竟然操纵得随心所欲毫不费力。围观的人爆发出阵阵叫好声，赏钱雨似的撒进场地。见多识广的江大敢也觉得匪夷所思，这么灵活的关节这么精准的动作，活人表演也不过如此。这络腮胡子的线工实在了得，这木偶也做得实在机巧。络腮胡子一共表演了四个木偶，每表演完一个就放进车厢里，不给人细看触摸的机会，也许他太爱惜自己的木偶了。江大敢十分惊诧于那四个木偶精准的动作和灵活的眼睛，他想起了业内关于提线木偶的很多诡异传说。最诡异的一种就是说有的怪人在雕刻木偶时，寻来死婴仔细剥下整张人皮，用特殊手法披蒙在木偶上，再设置下极其巧妙的机关，制作出来的木偶就可以像活人一样走动。更有骇异的，找不到死婴，就盗来活婴剥皮。江大敢仔细辨认着木偶。它们外露的肢体上虽然涂着粉彩，看起来跟假人似的，可那些瞒不过经验丰富的江大敢。如果不是人皮裹制，不会有那么好的质感。"这个江湖妖人，不知祸害了多少小孩子！"江大敢决定去报案。

　　江大敢找到当地的官府，说闹市里正有一个妖人用人皮裹制的木偶演线戏。这样怪异的事，官府也是第一次听说，当即派人将络腮胡子连人并车带回了衙门。审讯时发现那四个提线木偶根本就不是人皮裹制的，而是四个活生生的小孩子。四个貌似小孩子的小人儿，神情恐惧地站在大堂上，口不能发出一言，手足等系提线的部位，都被勒出了深深的沟痕，趼皮很硬。木偶竟是活人，如此骇异的事，简直闻所未闻。江大敢和所有在场的人，惊骇得眼珠子都要掉出来了。

　　为什么将这些孩子当木偶耍？他们又是谁家的孩子？络腮胡子开始不招认，但经不住大刑伺候，很快就一五一十全招了。原来这些孩子全是他盗来的，盗来时三四岁，给他们吃一种特殊的药，吃后再不长身体，一直是三四岁的样子，然后训练他们各种线戏动作。几年后能表演了就再让他们吃一种发不出声音的药，以防开口说话露出破绽。络腮胡子把他们称为人偶，带着他们到处骗钱，只有到了夜里或者没人的地方，才放可怜的人偶从马车里出来放放风。那几个人偶看起来三四岁的样子，其实都有十一二岁了，这些年一直被没人性的络腮胡子当木偶操纵着摆布着。

这比用人皮裹制木偶更惨无人道更令人发指。人偶事件传出去后，整个泉州的人都愤怒了，一致要求处死络腮胡子。

络腮胡子被判了死刑，本来要枪毙他，因为民愤太大，就找来一个老刽子手，用一把生了锈的大刀，硬生生砍下了他的脑袋。

这是那一年，发生在泉州最离奇的一件案子。

爱情谷

○宗利华

有一次，回老家过年。俺村的支部书记兴许觉得老宗算个人物，叫几个班子成员凑齐了喝酒。三杯酒下肚，老宗老毛病就犯，开始忽悠："你得想办法搞旅游！"支部书记眼睛一亮："你与我不谋而合！"

原来，支书正想开发村后头那道山沟。

"叫爱情谷？咋样？"支书红着眼看我。

我一拍桌子："这名字高啊！谁说村里人没文化？"

"兄弟，你说，现在城里人缺什么？"

我摇摇头："不知道。"

"城里人，看上去什么都不缺。物质，文化？不缺！缺什么？缺爱情！"支书话音未落，妇女主任抿嘴低头一笑。

我简直要五体投地！支书这话对极啦！

村主任此时一脸庄重："我看这事儿，得找个文化人来鼓捣一下，拿个方案。"

支书大手一挥："不用！文化人的肚子里不是酸水，就是坏水，搞歪门邪道有一套。办正事儿，没一个行的。咱自己弄！"

老宗到嘴边的话，被硬生生地噎住！

"要干就干大的！既然叫爱情谷，咱就把所有出名的情人，都弄到一条沟里！比如，贾宝玉林黛玉，梁山伯祝英台。"

妇女主任插话："杨过，小龙女。"

会计一本正经，突然说："我琢磨着，还得加上你跟咱支书。"

妇女主任在会计大腿上狠劲儿拧一把，会计笑得面部扭曲，支书指着他的鼻子，也笑："你个熊孩子！"

出纳是个小闺女，村主任未来的儿媳，红了脸："俺觉得既然这么大个创意，就连国外的也得有，罗密欧与朱丽叶。"

支书笑问一句："什么，欧叶？"小丫头重复一次。支书眯缝着眼看村主任："你这媳妇儿有文化！她这一说，思路更加开阔。"他两只大手一比画，"就分两块，一块国外的，一块国内的。"

村主任说："你们说的这些人，用木头还是用石头做？"

支书说："你个老土！得用蜡像。"

会计这次正经了："花不少钱呢！"

"鼠目寸光！不花钱咋挣钱？"支书说，"下一步，咱卖地，卖山林。北面那一坡石头，那不是钱吗？钱不成问题，关键是胆量！"

本以为这帮人闹着玩儿，没想到这事居然成啦！那道山沟沟，还真就成了爱情谷！几个写诗的男女，听说我老家有如此风情，非要去看看。

结果，大开眼界。

一进山沟，就见一个巨大树桩，上书"爱情谷"三个张扬大字。村主任的手笔。村主任前些年写春联，拿集上去卖，据说赚了不少银子。那字儿写得乌黑乌黑的，很讨人喜欢。

村主任的准儿媳妇当导游。一进门，她先指指左边："那就是罗密欧和朱丽叶。你们看，朱丽叶在窗子里头，罗密欧趴在外头。唉，一对有情人，执手相看泪眼，竟……竟然无语凝噎……"论辈分，这丫头得喊我叔。她情绪转得倒快，突然说："叔，你抬头看两面坡上，那是牛郎，那边是织女。"

我连连点头："杏儿，你去忙你的，我们自己逛。"

迎面一座四合院，门口俩人，一老一小，老的伸手指点门额上"荣国府"三个烫金大字。老宗当然知道，是刘姥姥跟她孙子板儿。入内，前左右三面都是门口，先进正中间，贾府的几个老爷们端坐在那里，一个个却也可爱。

刚要退出，突然一阵美妙的曲子缭绕在耳边："好一朵茉莉花！好一朵茉莉花……"循声望去，原来是妙玉在左边屋里！妙先生一袭尼装，做焚香状。她脚底前方摆着一台小型录音机，那歌声，正从那里发出来。

拾级而上，又一处院落，却有黄梅戏缠缠绕绕："树上的鸟儿成双对，绿水青山带笑颜。"迈步过去，左边屋里宝玉、宝钗正在拜天地，右边一间却有一白衣美女侧卧床榻，眼见得奄奄一息，正是那天可怜见的林妹妹！

黛玉床头，同样的录音机，正大声歌唱《天仙配》。

你想，这音乐响在黛玉房里，其创意是不是惊天地，泣鬼神？老宗正在感叹，一扭头，诗人们已不见踪影。恍然顿悟，这帮人醉翁之意不在酒也！

峰回路转，突见两人立在一个凉亭上，指指点点，似乎在吆喝："老宗，你也来啦！"果然是梁山伯与祝英台！

再往里走，似乎已到尽头，小路左拐上山，半坡有一指示牌，"梁祝学堂"，是山下那两人同窗共读的地方。得去看看。老宗怀着极其复杂的心情，站到门口！

"这条件，也太差了吧？"我一声感慨！

屋子里，两排布满灰尘的桌凳，简直跟我上高中时用的一模一样！

来这儿上学的，可都是大款家的孩子，都是缴足学费的啊！

本以为就此下山。顺小道转过去，却意外瞧见一块大石旁有一男子孤零零的背影。此人背一把宝剑，山风袭来，一只袖管兀自空荡荡飘起，身边立了一只雕。我已明白他是谁，遂悄然走过去，轻轻拍他肩膀，杨兄，你姑姑小龙女，还没消息？

杨过不语。我亦无言。

那大石上，仍然是村主任的字：绝情谷！

几位诗人山下会合后，笑得前仰后合。

一美女吟道："是谁，在恶搞我们的爱情？"

一男士回答："莫非是，可爱的写小说的老宗？"

老宗并不笑："诗人们，别以为你们写几首诗，就很文化。知道这情人谷一年收入多少钱？说出来吓死你们！自开谷以来，这里游客络绎不绝！而且，都是文化人。"

几个人都好一阵子不说话。

朱晓晓的富贵梦

○朱雅娟

朱晓晓说发就发了。发起来之前的朱晓晓时常背着一个军用挎包，里头装着一个方头方脑的黑色金属盒子。发起来之后的朱晓晓还是背着一个军用挎包，里头装着一个方头方脑的黑色金属盒子。

朱晓晓只要往谁跟前一站，把这个盒子一拍，谁就会立马往他口袋塞钱啊支票啊银行卡什么的，没现钱的也会往他手里塞个手机什么的。

地球人都知道，朱晓晓背的是他老子发明的什么历史追踪仪。虽然早在2046年，一场无名大火烧掉了据说世界上仅有一台的历史追踪仪，但谁也不敢保证朱晓晓的老子不会制造出第二台第三台。

有人想过要灭了这一家子，但这个历史追踪仪太厉害了，只要它一追踪光波，谁是凶手谁是主谋就会一清二楚。有头有脸的都不敢以身犯险，而敢以身犯险的人又都不在乎是否有头有脸，所以朱晓晓能够长久地活下来。

有人说，只要朱晓晓愿意，哪怕给外国总统呀总理呀打个电话，那些人都会屁颠屁颠跑来帮朱晓晓埋单。至于明星球星什么的，牛什么牛？朱晓晓让他们光脚他们绝对不敢穿鞋。

其实朱晓晓为人挺仗义的，出手也阔绰，身旁的朋友自然不会少，他们中既有警察也有贼，朱晓晓黑白两道通吃。

朱晓晓时常打着酒嗝儿保证，放心啦，我不会轻易用这个历史追踪仪的。水至清则无鱼。老爷子教导过我的。但谁也不会相信他真的不会使用这个黑家伙。

石头见了朱晓晓都会拐弯的，但有一天，有人拦住了朱晓晓。那个衣衫褴褛的老妇人跪在街上说，大好人，求求你帮我查一下，是谁撞死了我儿子，好不好？

朱晓晓面有难色。他早就听说过这个事，肇事司机撞了老妇人的独生儿子，不但不送医院救治，还将车倒回来将奄奄一息的伤者又碾一遍，据说这样是为了防止一辈子背负可能半死不活的伤者巨额的医疗费。

朱晓晓坚决地把头摇了又摇，他说老人家你找错对象了，你应该去找公安局。

老妇人哭着说，正因为找不到肇事者我才来找你的。好人啊，求求你！我儿子本不该死的，他死得冤啊……

朱晓晓眼神有些涣散，他习惯性地用手摸了摸军用挎包里装着的黑色金属盒。老妇人的眼睛依稀有了亮光。

朱晓晓从肩上拿下了挎包，许多人都屏住呼吸等待他操作这台历史追踪仪。但令人遗憾的是他只从挎包里掏出了一沓钱。朱晓晓把钱塞到老妇人手里说，老人家，死者已矣，你多保重。老妇人的目光黯淡下来，在央求很久都无用后，她用力把钱塞还给朱晓晓，跌跌撞撞地走了。

此后老妇人并没有放弃乞求朱晓晓，她又不厌其烦地找了朱晓晓很多次，哭述了一遍又一遍。

就在老妇人一把鼻涕一把眼泪的述说下，朱晓晓的同情心一点点丧失殆尽，态度变得不耐烦甚至恶劣起来。最后一次，是在一个大雪天，远远的，朱晓晓就看到老妇人又迎了上来，朱晓晓于是把脸扭到一旁去，根本不再理会她在说什么。

那天，老妇人没有跟朱晓晓纠缠不清，她欢快地迎上去其实只给朱晓晓说了四个字，我要你死！然后雪地上立即开出了一片烫人的红花。

朱晓晓捂着胸口站在雪地里，瞪着老妇人手里滴血的匕首想说什么，却一个字也吐不出来。

在帮朱晓晓收拾遗物时有人从他的挎包里拿出了那台令每个人都望而生畏的历史追踪仪，在他们的不懈钻研下他们终于发现，所谓的历史追踪仪其实只是 20 世纪中叶时的一台普通收音机……

他们这才相信了一个事实，真正的历史追踪仪早消失在 2046 年的那场大火中了。

天堂伞

○亦 农

第三次恋爱失败，他几乎崩溃。望着马路上飞驰而过的车，他想只要自己突然向前跨一步，一切就都结束了！

那个有雨的黄昏，他一个人站在街角，望着车来车往的大街，脑海一片空白。头发湿了，衣服湿了，心碎了，满世界的雨下个不停。

——没有爱情的世界，不是人间天堂，是人间地狱。

"喂，没带伞吗？"背后传来一个轻浅的声音。他回过头，看到她。她打着一把伞，亭亭玉立，眼睛里水水的。

"没关系，淋 次雨也好！"他佯做平静。

他和她已经做了三年同事，她一直像风一样无声地来又静悄悄地走。如果不是街角的这次邂逅，他可能还像从前一样不会注意她。

一起走一段路，分手时雨已停。她却依旧打着伞。她的头发很黑很长，她的肩是削的，细腰。她的腿很长，像锥，穿一双小巧精致的鞋。望着她打伞的背影，他觉得世界忽然敞亮起来。

他开始关注她，她永远那么安静。在办公室轻手轻脚行走，见了面也只是浅浅地微笑。她工作很努力，总能出色地完成任务。偶尔一错肩，他会发现她脸颊升起的两片红晕，害羞的女孩总是最美的！

吸引他的还有她打伞的样子。她似乎很爱打伞。下雨天，她打一把小花伞，有时候是一把橘黄色小伞或者小红伞。艳阳高照，她打一把小白伞，有时候是一把银灰色小伞或者天蓝色的伞。

他爱看她打伞的样子，甚至暗自后悔以前怎么就没有注意过她。他们在同一幢写字楼，同一楼层，同一个开放式工作间。这里共有三十六个员工，可是为什么他以前就从来没有注意过她！

过去三年，他一直忙于追逐爱情。他付出了全部，最后却输得一塌糊涂。而她一直在他周围，安静得像云，或者像一只温顺的小鹿。其实她蛮可爱的，清澈的眼眸，白净的肌肤，偶尔也会咯咯地笑。她脚步轻灵像一股春风，在你不知不觉间划过去。

近处无风景，那是因为——人们总是把注意力投给远方。

一个细雨霏霏的傍晚，他鼓足勇气约她喝茶，她竟答应了。从茶室出来，她小鸟依人般走在他身边，撑着一把碎花小伞。他说："你打伞的样子很美！"她恬静地笑了，脸颊上又浮起两片潮红。一刹那，他从她的眼眸中还读到了一丝闪烁泪光。

他们恋爱了。接下来的路顺风顺水，半年后他们结婚。

当祝贺的客人都离去，世界只剩下他俩时，他开心地望着自己的新娘："记得吗？那个下雨的黄昏我们邂逅。那是我第三次恋爱失败，心情糟糕透了。我们一起走了一段路，看着你撑着小花伞离去的背影，我突然觉得这个世界还是敞亮而美好的！"

她点点头。他又说："从那以后，我就开始注意你了。我发现你特别爱打伞，下雨的时候，有太阳的时候……为什么呢？"

她一对深潭般的明眸望着他，半晌才说："跟我来！"

她带他来到一个衣柜前，那衣柜是她的陪嫁。打开衣柜，他吃了一惊，整整一个衣柜都是伞，小花伞、小红伞、橘黄色的伞、天蓝色的伞……在最外面是一把漂亮的碎花小伞。

"你这么喜欢打伞，到底是为什么？"他不解地望着她，希望她能给出一个可以说服自己的理由。

她说："记得吗？你曾经说过一句话，你打伞的样子很美！"

"我说过。"他说，"那个细雨霏霏的傍晚，我们从茶室出来，你撑着一把碎花小伞。"

她摇摇头："不对。"

"不对？"他疑惑地望着她。

"三年前，我刚大学毕业来到这家公司，单位组织郊游，我无意中从同事手里接过一把杭州出的天堂伞打着。你告诉我——'你打伞的样子很美！'"

此时，他忽然才发现，柜子里所有的那些伞，小花伞、小红伞、橘黄色的伞、银灰色的伞、天蓝色的伞，还有那把碎花小伞，全是出自杭州的天堂伞。

我的开裆裤时代

○沧海一声笑哈哈

我的开裆裤时代是属于农村的。

我四岁参加工作，主要负责我家那头老牛的温饱问题。小时候因为法律意识淡薄，不知道父亲这是雇用童工行为，所以无怨无悔地为我们家干了整整六年。一直干到十岁，因为老牛的逝世，我的工作才不得不终止。

村子里像我这样的童工多的是，基本上都担任放牛这一工种。每天村里人都会看到一群穿开裆裤的家伙趾高气扬地骑着牛往大山深处走去。在我们这个牧童大家庭里，年纪最大的孙富贵同志已经整整七岁，就读于我们老王村小学——本村最高学府的一年级，成为这个集体里学历最高的人，我们常常被他捉弄。他经常以一副知识分子的姿态在伙伴们的面前卖弄，特别是在我心仪的马六妹面前朗诵"春天到了，燕子从南方飞回来了……"这样优美的句子时，马六妹那陶醉的眼神弄得我的心像鬼抠似的。而孙富贵还故意用那种夹生的普通话很煽情地朗诵。为了报复他，我趁他不在的时候多次向小伙伴们透露孙富贵的尿炕史。

一个秋高气爽的日子，我们将牛撵上坡后，孙富贵又开始给我的梦中情人马六妹朗诵"$1+1=2$，$2+2=4$，$3+3=6$……"这样高深莫测的学问，我当时就火了，骂孙富贵是"拉尿狗"，孙富贵当场就和我动了武。他的威猛令我吃惊，他的拳头使我在马六妹的面前把脸丢得精光，最后我边哭边骂他是"小私儿"。孙富贵也不理我，只是用一块小石头在另外一块重约三十斤的石头上写了一行字，他还哈哈地笑着告诉大家他写的是："赵腊狗是孙富贵的幺儿（儿子）。"听着小伙伴们哈哈的笑声，我心如刀绞。

我想了很多报复孙富贵的方法，最后终于想到了一个办法，就是把他骂我的话告诉父亲，然后我的父亲就会去告诉他的父亲，最后的结果是孙富贵被他老爹痛揍一顿，最好是打断这个浑蛋的一条腿，因为马六妹绝对不会喜欢一个瘸子的。但是，空口无凭，得有证据啊！

就这样，当夕阳西下，伙伴们消失在山梁上后，我才把套牛的绳子绑在腰上，费尽吃奶的力气去搬写着辱骂我的字的那块石头，我一定要把证据弄回家去给父亲看。虽然石头很重，但一想到孙富贵被他老爹痛打的场景，我浑身就充满了力量……

在天已经黑尽的时候，历尽种种艰难困苦后，我终于抱着"证据"出现在了家门口，父亲看着我一脸的泥和渗着血的手掌后惊讶地问我："我们家又不修房子，你搬石头回家干什么？"我当即就哭了，将案情简单地向父亲作了汇报，但是我省去了我喜欢马六妹这一细节。父亲对我的遭遇表示出了极大的同情，并端来油灯仔细对"证据"进行了勘察，勘察完后父亲很严肃地表示，虽然我保护和搬运证据的精神值得肯定，但我提供的证据可能不能作为孙富贵被痛揍一顿的直接证据。我慌忙问父亲为什么，父亲作出了如下解释：

一、石头上的字迹在我艰辛而痛苦的搬运过程中已经变得模糊不清；

二、孙富贵在骂人语言创作中，将受害者"赵腊狗"的名字写成了"照拿勾"；

三、最后一点，也是最关键的一点，就是整句骂人话语的关键词"幺儿"，被文化水平低的孙富贵写成了"么儿"。

鉴于以上三点，父亲很明白地告诉我，恐怕孙富贵还是要继续逍遥法外了。我闻言"哇"的一声就哭开了，同时向父亲表达了作为一个受害者的最后心声："我要读书！"

李一笛

○刘强盛

李一笛，原名李谟，幼年学笛于西域异人，开元年间凭一支竹笛闯荡长安教坊，技压西门追烟、柳如影、张野狐等高手，成为教坊首席乐师，声名直追李龟年、马仙期、贺怀智等大师，朋友赠匾"李一笛"。那年，他十九岁。

李一笛成名后，长安显贵争相重金宴请。李一笛约法有三：境不佳不吹，客不雅不吹，一次只吹三曲。

一日，李一笛因故宿于越州，寓居客栈的十位进士闻讯，诚然相请，会于镜湖水云阁，并约定各带一客捧场。

那夜，云疏，月晕，风清，湖面如镜。澄波万顷，静影沉碧。

李一笛身着一袭水纹银袍，立于水云阁中，举目环视。客人倒也俊朗雅致——只是东南角那褐衣老者佝偻席地，似为乞丐。他皱了皱眉头。

李一笛轻启朱唇，吹出一曲《临江仙》。和风飒飒，氤氲齐开。曲终，众宾客交相赞叹，褐衣老者却哈欠连连，昏昏欲睡。众宾客面有讥色。

李一笛不语，略沉思，另起一曲，却是《诉衷情》。笛声呜咽，如泣如诉。宾客沉浸其中，曲终良久，轰然叫绝。老者似被惊醒，微翻眼皮，竟又睡去。李一笛心中不悦，众宾客面带愠色。

卢进士抱拳道，孤独丈乃在下邻居，孤苦贫寒。想是老丈久居孤村僻壤，不懂丝竹之雅，望公子海涵。众人揶揄不已，孤独丈似又被惊醒，憨憨一笑。

李一笛又吹一曲《水调歌头》，一时愁云出岫，明月孤悬，烟波浩渺，潮打空城；忽而衰草离离，鹧鸪含愁，杜鹃啼血。众宾客无不动容伤怀，欷歔不已。

孤独丈颔首微笑。

李一笛有怒色："老丈如此怠慢，莫不是轻薄李某，抑或是此道高手，不屑一顾？"

孤独丈幽幽说道，李公子认为老朽不会吹笛？

众宾客笑道，疯了，疯了！

孤独丈徐徐说道，请李公子试吹一曲《凉州词》，如何？

李一笛吹《凉州词》。

曲终，孤独丈静静说道，公子吹得还不错，只是曲中夹杂胡乐，莫非公子有龟兹朋友？

李一笛大骇，拱手而揖，老丈真乃神人。晚辈吹笛二十载，竟未察觉曲中夹杂胡乐——家师确为龟兹人。

而且你误将第十三叠吹成《水调》。孤独丈缓缓说道。

李一笛再揖，道，晚辈愚笨，请老丈指正。说罢，以素绢拭笛递与孤独丈。

孤独丈并不接笛，冷冷说道，此笛只适合粗通者使用，请借公子腰间紫斑玉笛一用。众人才见李一笛腰间悬一皮囊。李一笛红着脸取出一笛，晶莹透紫，温润逼人，乃西域罕见的紫斑玉竹制成，即李一笛成名之笛。

孤独丈摩挲笛身赞道，好笛！可惜吹到"入破"必定破裂，公子不会吝惜吧？

李一笛说，不敢。

笛声起，还是一曲《凉州词》，却倍觉激越悲凉。黄沙滚滚，铁马嘶嘶，秋风萧萧，月影幢幢，声入云霄，满座震栗。李一笛踟蹰不敢动弹。

吹至第十三叠，孤独丈一一指出李一笛的谬误，李一笛垂首拱手，一脸肃然。忽而孤独丈指法一变，如骤雨敲窗，疾风折草；银瓶乍进，水浆冷冷；铁骑突出，杀声隐隐，已到"入破"。只听得"啪"的一声，竹笛果然爆裂。李一笛凝神，众人屏息，一时竟呆了。孤独丈从怀中掏出另一支紫斑竹笛接着吹，曲调又与先前不同：宏大处似惊涛拍岸，细微处如春蚕嚼叶；辽远处似野马驰原，近切处如山泉低语；高急处似雏凤啼鸣，低回处如游龙戏水。曲终，李一笛拜服于地，众宾客神情恍惚，呆若木鸡。待清醒过来，孤独丈已飘然而去。

次日一早，李一笛与众人前往拜访孤独丈。人去屋空，灶灰尚温，桌上横放一紫斑玉笛、一曲谱，笛上新刻四小字："艺无止境"。李一笛恭敬收纳竹笛，昼夜兼程赶回长安，将"李一笛"匾一劈两半。

江湖上从此再无"李一笛"。

钓钩和鱼

○小　鱼

钓钩阴险地伸到水下，见多识广的鲫鱼一眼就看穿了钓钩的鬼把戏，它厉声说："你这个坏蛋，以为人家不知道你的鬼把戏？你不就是想利用那点好处诱惑我们上钩吗？别白费力气了，快滚！我们不会上你的当！"

钓钩奸笑道："你不上当不等于别的鱼不上当啊。等着瞧吧，根据我的经验，鱼饵没有白下的，我很快就会有收获。"

不久，来了一条过路鱼。它一看到鱼饵，就贪婪地围着钓钩转圈，张大嘴巴，跃跃欲"吞"。

鲫鱼急了，提醒过路鱼："伙计，你可千万别上当啊！这是个钓钩，一吃就会被钩住。"

"住嘴，别假惺惺地装好人。我听了你的话，才真的上当了呢！我还不知道你的诡计，不就是想把我骗走，自己吃独食吗？"过路鱼说完，飞快地扑向钓钩，一口吞下"美食"，做了钓钩的第一个俘虏。

钓钩又下水了，鲫鱼怒斥钓钩："快滚，你这个坏东西！"

钓钩嬉皮笑脸地说："你怎么能指责我呢，难道它自己就没有责任吗？别打扰我，我要继续工作。"

不一会儿，一大群鱼游了过来。鲫鱼用身体挡住钓钩，可还是被一条眼尖的鱼发现了。它飞快地游过来，其他鱼也蜂拥而至。鲫鱼连忙劝说："大家注意了，这是个钓钩，专门钓我们上钩的。"

"你是什么东西？走开！当心我把你撕成碎片！"一个领导派头的大头鱼怒斥鲫鱼，立刻就有无数条鱼把鲫鱼赶到一边。它们围成一堵墙，保护大头鱼去独享"美食"。

大头鱼很得意，一口吞下"美食"，结果，同样做了钓钩的俘虏。

之后，不断有鱼游来。鲫鱼苦口婆心地劝说，遗憾的是，没有一条鱼听它的。鲫鱼只能眼睁睁地看着同类一条条被钓上去。

鲫鱼想不通，鱼饵上明明有钓钩，钓钩上面明明是丝线，丝线上面明明是钓竿，它们怎么全都视而不见？自己为了劝它们，忍气挨骂，吃力不讨好。算了，不管这么多闲事了，谁愿意上钩谁上。鲫鱼又伤心又委屈，嘟囔着准备离去。

突然，钓钩说："经过这么长时间的了解，我觉得你是最棒的鱼。你尽力了，不用自责。要怪得怪它们自己。你也别怪我。我只是一枚小小的钓钩，身不由己啊！你看我上面的钓鱼丝、钓鱼竿、钓鱼人，谁都可以操纵我，支配我。我再也不想过这种被人驱使摆弄、没半点自由的生活了。鲫鱼，你带我走吧，我愿意跟着你去海角天涯。"

鲫鱼听了钓钩的诉说，觉得钓钩挺可怜的，同情起它来："好吧，我带你走，但你得弃恶从善。"

鲫鱼说完，一口咬住了钓钩。

味　道

○傅彩霞

　　她和他开天辟地第一次肩并肩，看电影。她二十岁，他二十二岁。清楚地记得电影院门前偌大的宣传画上，《滴血黄昏》的影片名特别醒目。

　　电影开始前，他在百货商店精挑细选了两包袋装牛肉干，一人一包。并肩端坐，她拿着那包牛肉干一直不知所措。影片中的情节已不重要，也都忘记。她始终在为如何在他面前消灭牛肉干而惶惶然。一个女孩第一次与一个男孩肩并肩地坐在一起看电影，局促而窒息，更何况是吃东西呢！她怕她不能准确地撕开牛肉干的包装而遭遇尴尬，还怕没有纸巾擦拭弄脏的手，更怕他看到她狼狈的吃相。她总是目不转睛地假装看电影，脑子里却全是一派如丝如麻的胡思乱想。

　　他小声地问她："你看电影怎么那么认真？好像在听教授的讲座一样，聚精会神，目不斜视。"她轻轻地低下头，浅浅地笑。其实，只有她自己可以听到自己心跳的声音和频率。

　　他总是悄悄地偷看坐在自己身边的她，窃窃地用眼的余光窥视她的一举一动。但是，整场电影，她始终丝毫未动。借着微弱的灯光，他好想好想去握住她葱白般的小手——那双一直握着一包牛肉干的手。

　　过了一会儿，他又小心翼翼地问："你不喜欢牛肉干的味道？"

　　"嗯。不，挺好的。"她紧张地答非所问，像一头受惊的小鹿。

　　他于心不忍，感觉自己像一名追赶小鹿的猎手。于是，放弃了那个想握一握她手的念头，假装知趣地也专注于影片，不再正视紧张害羞的她。

从那刻起，他暗暗在心中发誓，要好好保护她，守候她，一生一世。

"牛肉干味道不错。我帮你撕开？"电影中场换片休息时，他征求她的意见，很有助人为乐的侠义之美。

"不，不用。"她躲闪着，牛肉干不小心掉到地上。弯腰捡拾时，他的大手不小心碰到了她的小手。她的脸腾地红了，羞怯地稍稍将身子歪向远离他的一侧。

他悄悄地把掉在地上的那包未开启的牛肉干留给自己，把自己那包一尘不染的牛肉干递给了她。也许她真不喜欢牛肉干的味道。他甚至后悔来时没有征求她的意见，或许她喜欢果脯和瓜子之类的小零食。

牛肉干的味道和他身上的味道混合在一起，萦绕着，她有些眩晕，更有些痴迷。

那包牛肉干在她的手中紧紧地握了一小时零四十五分钟，她一直没舍得吃，直到影片结束。寒冷的冬季，她的手中有细细的汗渍。回家后，她写了一篇长长的日记，记录下了自己点点滴滴的感受，一直折腾到深夜。妈妈再三催促她熄灯休息，她才恋恋不舍地合上了厚厚的日记本，拥它入眠。

从此以后，她爱上了牛肉干，爱上了牛肉干的味道。

许多年后，他和她带着他们十岁的女儿一起去豪华影院看《英雄》，又一次谈起那场电影，谈起那包牛肉干。

他疑惑不解地问她："当时，你为什么不吃那包牛肉干呢？"

人到中年的她仍旧羞涩，告诉他："我妈说，吃人家的嘴短，不能随便要男孩子的东西。"

他狂笑不止……

暗恋男主人的马

○徐仁河

我叫"的卢"，我是一匹马，雌马。虽然是匹雌马，我也渴望在疆场上驰骋。我的发小已经先我挣出马厩。他伟岸健硕、日行千里，和他的主人一道沙场扬威，人称"赤兔"。

而我呢，我什么也不是。我的主人张武，日日捧着酒瓮，感慨什么伯乐难求，有志难酬。终于有一天，他的这些牢骚为他引来了杀身之祸。主人原是荆州的一个降将，看到刘表夜夜笙歌，他很为不齿，于是再度叛逃。这个时候，我的真命天子出现了。一个走投无路的男人，新近以宗亲的身份投靠荆州的刘备。他主动请缨，追击逃亡路上的我和张武。

张武骑在我的身上，凛然而踞。刘备打马上前，刘备说，是匹好马！他第一眼看的不是眼前的劲敌，而是张武胯下的我。而且他看我的神情，很像赤兔追求我时的眼神。那一刻，我刨地长嘶。

张武说，你识得马吗？你比伯乐何如？

刘备说，懂点皮毛。你的马是千里马无疑。

张武说，马是千里马，马上之人如何？

刘备说，可惜，你却不是。而后，脚蹬一磕坐骑，带马离场。

刘备阵中，随即杀出一员白袍小将。张武与之交锋，不到三个回合，旋被斩于马下。那么快，人头就掉了，××××。

白袍小将扯住缰绳，把我牵到刘备的跟前。刘备一骗腿从他先前的坐骑上下来，他拽着我颔前的丝绦，他一下一下地给我捋顺凌乱的鬃发，眼中爱怜无限。那一刻，我隐约看到了赤兔的身影。

我再也没有了此前张武在我身上时的孤傲难驯，低下头，着响鼻，与其耳鬓厮磨。

刘备得胜回到荆州城。刘备命人将我牵到刘表的跟前，说，幸未辱命，杀了叛将，还获此宝马良驹。

刘表张开惺惺醉眼，说，如果真是宝马，那就养在我的御马苑吧！贤弟辛苦啦！

我听到这话，很是悲愤。张武都为之不齿的人，我怎么又能曲身其下！不由大大地打了一个响鼻。

这个时候，一个谋士凑到刘表跟前，附耳说了些话。我耳力很好，隐约听得几句，说什么"眼下有泪槽，额边生白点。名为'的卢'，骑则妨主"。还说我之前的主人张武横死，就是明证。

果不其然，刘表便舍弃了早先的想法，说，既然是贤弟得来，不便夺爱。很快把我还赠给了刘备。

那天，谋士的话也漏了一两句到刘备随从耳里。随从将谋士的话转告他。刘备说，生死由命，富贵在天，岂是一匹马所能妨害的。的卢妨我，倒也不怕。我怕的是日月蹉跎，髀肉复生，不能建功立业，而辜负了胯下这匹千里驹啊。

说完，他在我背上扬鞭驰骋。我被其英武之气感染，也是奋蹄狂奔，如离弦之箭。他不信谗言，对我之爱，尤甚以往。就冲这，这个男人，我跟定了。

事实上，刘表的伪善没有维持多久。那天，主人骑着我去刘表家中赴宴。回廊之下，埋伏中的刀光剑影映入了酒樽。刘备酒意顿消，慌慌张张地从刘表的酒宴上逃出来。而后飞奔向我，一跃而上，纵马狂奔。

在我的身后，是蔡瑁率领的荆州精锐。马蹄、车声隆隆。将士们边追边喊："抓住刘备，赏银万两！"

刘备抽打着我，奋力逃亡。不想，慌不择路，居然来到了檀溪边。檀溪激流湍湍，波涛如卷。风景的确不错，可恨的是眼下居然没有船，更没有桥。主人想打马回还，另寻逃脱之路。可是已经来不及了，来路上追杀的铁骑荡起的沙尘有一丈高。刘表被逼无奈，纵马下河。可是他不知道，这檀溪水深有数丈，越到河水中央，越无法泅渡。

开始水尚及膝，但很快水就漫到了我的腰背，而马背上的主人，一身衣裤尽皆濡湿。眼看前有深潭，后有追兵，刘备搂着我的脖颈悲戚戚掉下泪来，说道："的卢，的卢！今日妨吾！"

就在这时，我引颈长嘶，蓦地从水中踊身而起。犹如背生双翼，一越三丈，飞上对岸。身后的荆州追兵，眼见得刘备唾手可得，不料却腾空而起，如在云雾之上。不由得目瞪口呆，惊为天人！

此后，主人对我是更为钟爱，对其他马不屑一顾。谈到檀溪脱困，更是眉眼飞扬，对我是极尽溢美。听过这事的人，也是对我翘指赞叹。说什么"人中吕布，马中赤兔"太过夸谬，远不如"人中刘备，马中的卢"更为劲道。

如果故事就这样结束，那我也会像我的发小赤兔那样，威名远扬。可是，刘备做了一件让我寒彻肝肠的事情。

经年后的刘备，大业有成，他将我送给了庞统。庞统是刘备新近招募的军师，地位仅次于诸葛亮。那天，庞统随军出征，不料跌下马背。刘备随即从我的背上翻身而下，笼住马头说："我的这匹的卢，性情温驯，世间绝无少有。不如就骑我的的卢出征吧。"庞统泪水滂沱，跪拜于地，答谢道："主公如此深情厚谊，虽万死不能报也！"

刘备常做这样的事情，他一句话老挂嘴边："兄弟如手足，妻子如衣服。"他对待妻子儿女均是如此，又何况一匹马。

其实，我不说你也知道。庞统阴鸷狡诈、嫉贤妒能；整天自以为是，疑神疑鬼。对这种人，我又怎么能心生爱慕。终于在落凤坡前，我明知前面埋有伏兵，还是把庞统驮进了埋伏圈内。果然，坡前炮响，箭如飞蝗，庞统当场遭乱箭射杀而亡。

而我身插断箭，冲出敌营。此后便销声匿迹，无人知晓……

"如果我认定的男子，始终如一地善待我，我一定不是祸水。"天下女子如此，马也是。

虎骨扳指儿

○青　铜

　　索二爷年近古稀，成日里掂一把紫砂壶，架一只八哥儿在街上走。谁见了，都称一声二爷，透着恭敬。

　　满城人都知道索二爷有一只虎骨扳指儿，就戴在右手的大拇指上。那是一只素面的武扳指儿，年岁久了，打磨得光光溜溜，泛着牙黄色的光泽，只在中间有一道朱砂红。明眼人一看便知，那是弓弦勒出来的。

　　索二爷从来不说，但小城人都知道，那是索二爷十五岁时在关东只身猎虎后以虎骨雕琢而成的。那是旧事，早就烂在他的肚子里了。只有城西三眼桥卜拉场子说书的张铁嘴，说起来眉飞色舞，好似他亲眼见过一般。其实，张铁嘴不过狗大的年纪，索二爷下关东那年哪里有他呢？但小城人都爱听张铁嘴说索二爷，比听《三侠五义》《薛刚反唐》还觉过瘾。每每场下有人高声撂一嗓子，说说索二爷！张铁嘴就卖个关子，喝一口茶水，才慢条斯理地举起鼓槌子，皮鼓一响，说开去。

　　张铁嘴说，索二爷原名索绰罗德温，满清镶红旗子弟，生于咸丰十年。光绪年间，曾官至正二品，武职，世袭一云骑尉，补服上绣了狮子的。索二爷自幼能骑善射。十岁时，进本旗弓房试弓，双膀较力，竟开出"二十三个劲儿"。一个劲儿，就是二十市斤的拉力。十五岁，索二爷只身出关，去辽东旧乡探祖，路遇猛虎。那虎欺他身小，照面就扑……

　　说到这儿，张铁嘴就住了口，去端茶碗。场中人听得心惊，大气也不敢出。其实，这段子都说了几百回了，满城人都会说下一段：那虎三扑三剪不成，反倒吃了一记老拳，转身便逃。索二爷挺弓便赶，连追六个山头，渐渐近了，觑得分明，弓弦一响，一箭命中，羽箭自虎左眼进、右眼出，射个对穿。胯下马口吐白沫，索二爷大气不喘！

听书人中有好事者，就去问索二爷，二爷，您老真射过虎？索二爷不应不答，甚至不看来人一眼，顾自去逗他的八哥儿。那人又问，二爷，您老真是正二品，戴过宝石顶子？索二爷仍是不理不睬。索二爷不答话，不代表听不到耳朵里。索二爷心里那个悔呀，悔当初不该一时贪杯酒醉，把话漏给了张铁嘴。那人没眼色，说，二爷，那扳指儿真是虎骨的？说着，竟伸手去摸。索二爷刷地拉下了脸子，长袖一拂，转身便走。

索二爷如此讳莫如深，反倒越发撩拨起小城人的兴趣。只是，谁也没能从索二爷嘴里再套出话去。

索二爷住在东城铁门巷，一座小院，青石铺地，遍植花草。院当间儿花架下，摆一只大花缸，蓄满清水，种了睡莲。莲下，或游或卧着几尾锦鲤。秋日里，半下午的光景，索二爷就捧着那把紫砂壶，坐在花架下，看花，看鱼，看天上云来云去。这时候的索二爷，就显出几分苍老来。弯弓射虎，毕竟是过去了。索二爷看一眼水里那个一脸沧桑的影子，就啜一口龙井，微微地叹上一声。索二爷就放下紫砂壶，把右手拇指上的虎骨扳指儿取下来，放在掌心里细细把玩。索二爷拿眼光柔和地抚摩着那只扳指儿，眼珠子就活泛起来，透着股子精神。索二爷一瞬间就回到了年轻的时候。

扳指儿是拉弓扣弦用的，八旗子弟人人都有，白玉的、象牙的、翡翠的……多用作装饰，象征权力和财富。索二爷的却是个熟皮子的，实用。那次关东之行得了虎骨，雕个扳指儿，既好使又好看，便爱不释手。自打甲午战败，索二爷便一把掰断了铁胎弓，扭折了花翎箭。武将不能救国，徒叹奈何。唯这只虎骨扳指儿，他不忍毁了。弓马无用，老将卸甲。索二爷便离开京城，躲到这关外小城来，捧起了紫砂壶，养起了八哥儿，只想图个一时清静——国破人尚在，苟安了残生。

想到这儿，索二爷悲从中来，一滴混浊的老泪滑下脸颊。索二爷就在这悲痛中昏昏睡去，梦见自己扬鞭江南、策马塞北。索二爷就梦见那年，辽东山野，雪拥重山，猛虎迎面扑来……索二爷急将左手弯至背后取弓，弓不在。右手探囊取箭，箭已无……索二爷惊醒过来，紧扣住那只虎骨扳指儿，老泪横流。黄昏，索二爷撑起身子，去了巷口，着人去城西唤张铁嘴来。

张铁嘴推门进来，道一声二爷，您找小的？

那虎，不是我射死的。是个猎户家的女儿。索二爷坐在花架下的阴影里，幽幽地说，我为虎所伤，命几乎不保，是她箭杀恶虎，救了我。

张铁嘴愣了愣，说，二爷——

索二爷不语。末了，说，这扳指儿，是虎骨的……

张铁嘴等了一会儿，不见索二爷出声，试着去唤去推，索二爷已然去了。此后，城西三眼桥下，仍时有皮鼓声响：弓弦一响，一箭命中，羽箭白虎左眼进、右眼出，射个对穿……

母爱如水

○马国兴

相对于父爱，母爱是日常的琐碎的。母爱更接近于生活的真实和人的本性，就像空气和阳光和水，无形又自然地存在于你的周围。当你身陷困境心生脆弱，总是不由自主地想到母亲，感受母爱来温暖身心。

你在战胜了亿万个对手后，入主母亲的子宫。你以为取得了成功，从此就可以一劳永逸，尽可以享受母亲的给养，不思进取。可母亲的容忍是有限的，她可不愿你就这么碌碌一生，十月临盆，她狠心地把你逐出子宫。你对母亲的残忍十二分的不解，委屈之际，你伤心地痛哭。子宫是你的老家，你却再也回不去了。

母亲诞生了你，你也同时诞生了母亲。还好，离开了母亲的子宫，你又投入了母亲的怀抱。母亲的乳汁给你的口舌最初的诱惑和满足，而母亲子宫外的世界，又是如此的丰富动人。母亲为你一一指认：这是爸爸，那是大树……你很是兴奋，满心喜悦，脸上也不再只是哭的表情。你开始理解母亲当初的苦心。

第一次喊出声"妈妈"，母亲满脸笑容，你是满心惊奇：原来除了吮吸乳汁，口舌，还可以用做表达和交流！你便对此投入了极大的热情，渐渐地，你掌握了越来越多的语词，学会了说话。不久，母亲便不让你吮吸乳汁，硬要喂你稀汤之类的东西。这可没有乳汁好喝，你再次转向母乳时，却品尝到了难忍的味道——那是母亲在乳头上涂抹了什么东西。存着现成的好好的乳汁，为什么不让我吃呢？你无奈地吞咽着米汤，恨恨地想。后来，更让你害怕的事情发生了，母亲把你从怀中放在地上，让你爬，让你站，让你走，跌倒了，把你扶起来，继续操练……怎么？不让在老家呆着也就罢了，难道还要把我放手怀抱？

要不是怀抱外的自由散漫，你真的又要跟母亲记仇了。可这自由散漫没有多长时间，母亲把你送去了学堂。学堂有什么好，环境和人物都那么陌生，哪比得家里？你哭着喊着拒绝着，屁股也被母亲拧着揉着抚摸着，最终坐定在学堂的板凳上。从此，你便开始了全新的人生。每次放学回家，你都要向母亲汇报自己的收获，母亲听得津津有味，绽笑如花。有时你想，我这是不是上了母亲的当？也许是，可这是美好的上当。

玩心十足的你，并不总是认真学习功课。为此，你的屁股却总是代脸受罚，母亲说，你别操心念书！看你屁股硬还是我手硬！等将来我手拧不动了，我拿老虎钳拧你！嗨！哥儿们，摸摸你的屁股，是不是现在还隐隐做痛？可是后来，还能用手拧动你屁股的母亲，却一般不这样做了，只是用言语开导你。不操心念书，你就等着给土坷拉挡阴凉吧，就等着跟拖拉机拾大粪吧……奇怪，又没拧你，你却感到浑身发烧。母亲这是怎么了，不愿孩子留在她身边，赶要饭的一样？

想通想不通，你是潜下心来努力学习了。学历越来越高，你离母亲也越来越远。你有了工作，又有了伴侣，还要有孩子，忽然就明白，如果你是母亲，你也会这么去做。你也明白，你离开母亲的腹离开母亲的怀离开母亲的身，永远没有离开的，是和母亲息息相通的心。

母爱如水，母亲是源，无论你奔腾到哪里，胸中流淌的，依然有不尽的源头之水。

琥珀之恋

○童树梅

不知何年何月，有这样一对恋人，因为羞涩，因为世俗，两人只能偷偷通过书信往来半明半暗地示好，村头老松树身上的洞就成了他们交换书信的绝密地点。

情到浓时化不开，男方决定捅破这层窗户纸，只要女方同意就可以请媒人正式提亲了。男的在一张小小的薄薄的羊皮上一笔一画写下这样一句话：冬雷夏雪，乃敢相绝。然后把羊皮纸小心地捻成一小团放入树洞中。

然而还没等到女方趁天黑拿出羊皮信，巨大的灾难却从天而降：离村庄不远的火山突然爆发，炽热的岩浆和致命的毒气使所有人包括那对恋人眨眼间归于沉寂。

沧海桑田，斗转星移，无数的时光呼啸着急速离去。

这天山林里来了一对手拉手的恋人，到这儿来一是野炊，二是男孩准备郑重其事地向女孩求婚。女孩自然也懂得男孩的心思，她对他其实也早已情有所钟。在一块平坦的空地上拿出包里的食品后两人又一起捡枯树枝点火用。当合力抬起一堆枯枝时，两双眼睛一下子睁大了。

枯枝下有一个闪着金黄色光泽的球形的东西，小心拿起来，小球在阳光的照射下熠熠生辉，美丽极了！他们都是受过教育的人，片刻的发愣之后几乎同时发出惊喜的大叫："天哪，这是琥珀！"

两人激动地拥抱在一起，又跳又笑地庆贺个没完没了。等疯够了，男的一脸神往地说："我要把这琥珀卖了，钱到手后就出国留学，我早就想出国了。"

女的听后不跳也不笑了，望着男的冷冷地说："你说什么？你要出国？那我呢？"

男的这才想起旁边还有个人，当下颇有风度地一笑，说："我当然不会忘了你的，等我出国回来做个金领后第一件事就是风风光光地娶你……"

女的也一笑，说："谁稀罕你娶我啊？我说的是，这琥珀是否也有我的一半呢？"

踌躇满志的男孩一下子愣住了，他认真地看着女孩，生平第一次发现面前的女孩这么陌生。

受过教育的人在处理事情上让人称道，他们决定和和气气地解决此事，当然最公平的办法是通过法律解决。

事实很清楚，法官很快作出判决：两人各得一半。可出乎意料的是两人要求立即平分了琥珀。众人一听惊讶极了，说如此完整的琥珀给切开了价值就大打折扣了，把琥珀卖了钱再分不是更好吗？

两人却意志分外坚定地说：不，立即切开，一分为二，永不再合！谁让对方伤了自己的心呢？

在众人的惋惜声里美丽的琥珀一分为二。咦，里面还有一样东西，那是个捻成一小团的羊皮纸，打开，上面写的是弯弯曲曲的篆书：冬雷夏雪，乃敢相绝。

"写的是什么啊？"两人撇撇嘴，拿着各自的一半琥珀走了。

关于孙悟空下岗的通知

〇 张万里

由于经费原因，西天取经委员会决定精简取经团成员。为了加强精简工作的透明度，现将取经团各成员基本情况公布如下：

（一）体貌特征：

唐僧：眉清目秀，唇红齿白，温文尔雅。

八戒：鼻直口阔，方面大耳，相貌和善。

沙僧：浓眉大眼，卷发虬髯，虎背熊腰。

悟空：尖嘴猴腮，驼背，故意把头发染成黄色。

（二）性格特征：

唐僧：性格温和，通情达理。

八戒：老实憨厚，不喜欢惹是生非，尊重领导。

沙僧：勤劳朴实，性格内向，尊重领导。

悟空：蛮横霸道，经常欺负弱小，喜欢恐吓别人，连师父都不尊重。

（三）工作态度：

唐僧：负责思想工作，一路对徒弟尽心教导。

八戒：负责喂马，从没让白龙马饿着。

沙僧：负责行李，能做到行李不离肩，未曾遗失任何重要物品及文件。

悟空：没有固定工作，经常擅离职守，一路惹是生非，扰乱不少神仙菩萨的正常工作。

（四）学历：

唐僧：大唐佛学院毕业，在校期间成绩优异，被皇帝亲派出国。

八戒：天庭军事学院毕业，工作数年后曾任天蓬元帅。

沙僧：天庭军事学院毕业，工作数年后任卷帘大将。

悟空：跟一民间艺人学艺，没有国家承认的正规学历证书。

（五）社会关系：

唐僧：乃大唐皇帝御弟；指导老师乃观世音菩萨，并被其推荐出国深造。

八戒：任元帅时曾结交不少权贵，并同玉帝红人嫦娥有关系。

沙僧：曾任卷帘大将，为玉帝服务并深得赏识。

悟空：殴打过阎王，欺负过龙王，得罪过玉帝，同混混牛魔王结拜，与黑社会关系微妙。

以上取经团各成员情况一目了然，评比结果显而易见。本着公平、公正、公开的原则，西天取经委员会经过慎重研究，现在正式决定：取消孙悟空西天取经资格，即日起下岗。

西天取经委员会

一只著名的猫

○牟丕志

　　猫是一个不甘平庸的家伙。一天，它找到造物主，要求造物主给自己插上一双翅膀，使自己能够像蝙蝠一样在天空中自由自在地飞翔。造物主想，给猫插上翅膀并不难。但是，考虑到猫有了翅膀之后可能会追杀蝙蝠，所以它决定给猫插上翅膀的同时，给它以必要的限制。

　　于是，造物主对猫说："可以给你插上一双翅膀。但是你要记住这样一条规则：你只能在白天飞翔，否则会有非常严重的后果。"

　　猫想，世界上还没有一只会飞翔的猫，如果我成为世界上第一只会飞翔的猫，那该是多么了不起的事情呀。于是，它满口地答应说，要严格按造物主说的办。

　　第二天，一只飞翔的猫出现在天空中，它的翅膀比蝙蝠的大多了，也阔气多了。它在空中变着飞翔的花样，得心应手，十分快活。它欣赏着大地山川的美景，感觉着微风轻轻的抚摸。它高兴极了。它有意地飞得很低，以便于让百兽看见自己。

　　大家忽然发现猫会飞翔了，都惊呆了。当猫从容地从高空降落到地面时，被大家围了一个水泄不通。大家七嘴八舌赞颂着猫的神奇和不凡，并接连向猫讨教各种问题。比如，你在天空中看地面是什么样子，在天空中的感觉是不是很爽，在天空中能够捉到什么，你是如何学会飞翔的，等等。猫慢条斯理地回答着大家提出的各种问题，当然，对于自己不愿意回答的问题,它就说无可奉告。

很快,猫会飞翔的消息便在动物世界中广为传开。猫一举成名。它迅速变成了动物世界的超级明星,这是它做梦都不曾想到的。

虎大王历来十分傲慢,从来不把其他动物看在眼里。但是,当它听说猫会飞翔之后,态度发生了一百八十度大转弯。它专门来拜访猫。虎大王对猫说:"以前我对你重视和关心不够,这都是我的过错和无礼。从现在起,你就是我的亲弟弟了。以后,你就不用称我为虎大王了,称虎哥就行了。这是我为你专门破例了。没有任何一种野兽能够得到这个荣誉和地位。再说了,你瞧瞧咱们长得多么相似,这是老天的安排呀。"

猫表示十分感谢虎大王的美意。它答应当虎大王的弟弟。它想,虎大王这样一个后台是十分难得的。这是它以前根本不敢想的。想当初,它见到虎大王就逃得远远的,生怕惹虎大王不高兴,招致杀身之祸,现在,一切都变了。

猎豹公司、黑马集团、野狼企业等多家企业纷纷登门拜访猫。它们要求猫担当企业的形象代言者,并请猫做广告。猫当然很高兴,便慨然应允。有一则广告是这样的,猫在电视上神情严肃地说,我告诉你一个秘密,我吃了野狼公司的产品就长出了翅膀。猫知道这是胡说八道。但是,猫觉得广告就是用来欺骗大家的,自己说谎那是正常的。再说了,大家都在说谎,自己随大流,这没有什么大不了的。约猫做广告的企业排成了长队。大家经常因为排号问题发生冲突。猫很快就进入了巨富行列。富了以后的猫还经常捐赠动物社会,获得了动物慈善家的称号。

狐狸找上门来,要求当猫的经纪人。狐狸向猫介绍了自己善于包装和精打细算的本事。猫同意了它的请求。于是,狐狸紧锣密鼓地成立了飞猫公司,专门为猫包装和推销。猫到处表演它的飞翔绝技。每次演出,都引来如潮的观众。猫太让大家喜欢了。猫的粉丝在迅速地增加,大家都以当上猫的粉丝而感到幸福和自豪。大家常常为评选猫的最佳粉丝而产生分歧，大打出手、集体闹事的事情时有发生。有的粉丝因为没有实现与猫零距离接触的愿望而选择了自杀，引起了媒体的强烈关注和接连报道。

猫引起了学界的广泛关注。长颈鹿大学请猫当了荣誉博士。袋鼠学院请猫当了客座教授。熊猫研究所请猫当了名誉所长。当然，猫连小学都没有毕业，这是不必隐瞒的事实。但这并不要紧，关键在于，猫的名气太大了。名气是一种资源呀！大家需要用有名气的动物来扩大自己的名声和影响。至于猫的实际水平，大家是十分清楚的，但并不在意。

猫的自我感觉也发生了巨大变化。它过着众星捧月般的生活。它到了哪里，就成为哪里的中心。它几乎能办到世界上所有的事情。即使虎大王办不成的事情，它也能够办成。它渐渐地不把虎大王放在眼中。它想，自己是一个多么了不起的动物呀，我才是动物世界的真正大王。

这天下午，猫连续表演飞翔达几个小时，眼看天就要黑了。猫想，我已经是世界上最著名的猫，所有的动物都崇拜我，造物主也应该崇拜我才是。它曾规定我在天黑以后不准飞翔，那是十分不公平的。我要挑战这一不公平的规定。再说了，我如此著名，又有什么不能摆平的呢？造物主算什么东西，该死的家伙。它从心底开始痛恨起造物主。

天黑了下来。猫还在展翅飞翔。忽然，它从高空中猛地栽了下来。它高声喊道：我是著名的猫。可是一点用也没有。它重重地摔在了地上，变成了一块血淋淋的肉饼。

不能认为有了名气就以为可以为所欲为。出了名就无视规则，必然受到规则的惩罚。

骨 气

○孙兴运

刀疤子一直以为自己的骨头最硬。

刀疤子能自以为是只缘于他是卧虎山上响当当的匪首。在他还是喽啰时，曾被官府抓获，为求得脱身，他右手执斧，硬生生地砍下了被铁夹锁住的左手！

刀疤子的骨头硬是因为他已看透了红尘。在刀疤子眼里，世间没有善恶，只有强弱。

刀疤子瞧不起没骨头的人，但他喜欢看到那些人对他的畏惧。他可以轻蔑别人，但别人绝不能轻蔑他。

敢于轻蔑刀疤子的只有一个人——瘦竹。瘦竹刚过耳顺之年，于山下碧潭边建一宅院，院前屋后翠竹如林，取名"舒云堂"。瘦竹虽手无缚鸡之力，却是个超凡脱俗的雅士。

声名远扬的瘦竹终日与琴棋书画相伴，其书画更是巧夺天工、妙不可言。"舒云堂"虽幽雅却不静默，常有富商显贵不惜巨资来索求墨宝，瘦竹却恪守着自己的原则：权势相逼者不售，讨价还价者不售，恶名远扬者不售。

几天前，山寨上的弟兄们热情高涨地为刀疤子张罗五十大寿，各色人物都纷纷以厚礼相贺。望着堆积如山的金银布帛，刀疤子总觉得还缺点什么。

二当家的细细查看后，会心地拍拍脑门说，大堂上咋还缺"寿"字啊？

刀疤子眼一亮，二当家的立即带人去了"舒云堂"，报上名号后要瘦竹当即作幅八尺盈余的百寿图。

瘦竹眼里滑过一丝不屑，冷冷地说，阁下还是另请高明吧。

二当家的将一根金条奉上说，权作润资，请先生笑纳，勿再强辞。

瘦竹拂袖转身，遂喊书童送客。二当家的本欲发作，却怕坏了事，便强压怒火回去向刀疤子禀报。

刀疤子听完却有了兴致，他决定亲自去会会瘦竹。

翌日，乔装打扮后的刀疤子怀揣钢刀，在一位兄弟的带领下直扑"舒云堂"。

叩开了宅门，书童将刀疤子带进了大厅。厅堂之上，一个枯瘦如竹、银须飘飘的老者正在挥毫泼墨，颇具道骨仙风。

待笔落墨成，刀疤子才拱手说，不才拜见瘦竹兄！

瘦竹回过头看了刀疤子一眼道，阁下登临寒舍有何指教？

刀疤子微微一笑说，昨日一兄弟来求墨宝，所备润资不足。今日兄弟特来谢罪，望先生海涵。

瘦竹刚欲开口，刀疤子却又奉上了两根金条说，请瘦竹兄笑纳。如若不足，改日补送。

瘦竹脸色微变说，老夫近日身体不适，实难从命。

刀疤子眼里杀气突现，当即抽出钢刀架在了瘦竹脖子上问，敬酒不吃吃罚酒？

瘦竹神情泰然地坐在了椅子上，一字一顿地说，要杀要剐，请便！

刀疤子手腕一沉，一丝血迹便沿着瘦竹的脖子淌了下来。

气定神闲的瘦竹竟捧起手旁的茶杯品起了茶。刀疤子阴沉沉地问，不敢杀你么？

瘦竹道，哪有刀疤子不敢之事？

刀疤子还想再问，院门却被吱呀一声推开了。

刀疤子迅速闪身藏在了屏风之后。

来人是县衙师爷。师爷在堂内站定后，拿着腔调慢吞吞地说，鄙人奉县太爷之命，前来索求"正大光明"四字匾额，明日此时来取，望先生速写勿误哦。

瘦竹冷冷地笑着说，正大光明自在民心中，岂是老夫能写？

师爷乜着眼睛奸笑着说，在下一时疏忽。县太爷曾嘱咐，银子不缺，手段也不缺，就缺块匾。

瘦竹蔑笑着说，老夫虽擅长书画，可惜写不出"正大光明"！

师爷恼怒告辞。须臾，刀疤子也闪身而出，向瘦竹拱拱手便默然离去。

随行的兄弟不解地悄声问刀疤子："就这么放过他么？"

刀疤子默然道，活罪不畏岂独畏死？其骨气可佩啊。

可　能

○刘吾福

老刘要到儿子那里小住一段时间，儿子在远方的一座城市里工作，要去儿子那里，必须要坐一夜的火车，第二天早晨八点才到。

这样，旅途上就有可能出现一些意想不到的事情。

儿子绞尽脑汁，凭着自己在外闯荡了十几年的经验，把旅途上可能发生的事都反复想了好几遍，然后通过电话，把旅途上应该注意的事项一一叮嘱父亲。

儿子说，首先，您买火车票的时候，可能会出现一个两个或者更多的陌生人，热心地问您，需不需要帮助代理购买车票？如果需要的话，我们会尽力帮助您的……这些人，貌似热心人，您可千万不要相信，他们实际上都是骗子，他们会把您的钱骗到手后溜之大吉。当然，您可以有礼貌地拒绝，您对他们说，谢谢，我自己会买车票。

儿子问，爸，您记住了吗？

老刘答，嗯，我记住了。

儿子又说，到了火车上之后，您刚找到自己的座位坐好的时候，可能会出现另一个陌生人，手里捏着一张车票，向您恳求，老伯伯您好，麻烦您跟我换个座位行不行？因为您旁边的座位刚好是我爱人的座位，如果您跟我换一下座位，我就跟她坐在一起了。那样，我就好照顾我的爱人了……其实，这也是一个骗局，他把您骗到另一个座位，那里可能早已经坐着他的扒手同伙，他们会伺机对您下手。这时候，您可千万别心软，您可以对他说，对不起同志，我只有坐在这个位子上才会舒服。

儿子问，爸，您记住了吗？

老刘答，嗯，我记住了。

儿子又说，还有一种可能，那就是您的旁边也许坐着一个年轻漂亮的女人——坐着坐着，这个女人就疲倦了，她会不停地打盹儿，最后她忍不住睡着了，她的头会很自然地倚在您的肩上，然后她就轻轻地打着"呼噜"……其实，这是一个手段高明的扒手，就在她"睡着"的时候，她那只极其灵活的手已经伸进您的衣兜。对付这样的女人，并不难，当她"睡着"的时候，您只要将她推到座位的另一边，您自己悄悄地将身子挪开一点，跟她保持一段距离。她的阴谋就不会得逞了。

儿子问，爸，您记住了吗？

老刘答，嗯，我记住了。

儿子又说，还忘了提醒您一句，坐那么长时间的火车，您肯定会很疲劳，您一定会想抽烟的，您的身旁也许刚好坐着一个抽烟的，他可能会递给您一支香烟——而且那是一支很高级的香烟，您千万别接人家的香烟！因为那支烟里可能含有迷魂药或者麻醉药，当您抽了他的烟之后，您就会神智不清，您就会主动将自己衣兜里所有的钱全部送给那个人……对付这样的骗子也不难，您可以说，谢谢，我已经戒烟好几年了。

儿子问，爸，您记住了吗？

老刘答，嗯，记住了。

儿子还说了很多注意事项，把老刘的脑瓜子都塞满了，以致老刘都记不清儿子到底说了些什么。

第二天，儿子准时在火车站接到了父亲。

儿子见到父亲时的第一句话就是问，爸，没有发生什么事情？

老刘答，还真的发生过几件事，而且和你估计的差不多。首先，我到车站买票的时候，确实有一个热心人问我需不需要帮助买票。当时他正站在售票口买票，我在他的旁边，他说看到我这么大年纪了，排队要累坏的，他可以顺便帮我把票买了。

儿子说，您于是立刻拒绝，你对他说，谢谢，我会自己排队买票。

不，当我看到那人和善的目光后，我就把手中捏着的一百元钱递给了他。他很快从窗口买到了车票，车票是八十五元，他把车票交给我，同时还找给我十五元。我于是对他说了一声"谢谢"。

儿子瞪大了疑惑的眼睛……

老刘又说，在火车上，我刚刚坐下来，果然有一个年轻人要跟我换座位，他说他的爱人和他分开坐，不方便照管。我看到他的爱人腆着个大肚子，我的心就软了，我毫不犹豫地跟那个年轻人换了座位，年轻人对我说了声"谢谢"。

儿子又一次瞪大了疑惑的眼睛……

老刘继续说，这时候，我旁边正如你所说的坐着一个年轻漂亮的女人，这个女人后来真的睡着了，她的头慢慢垂下来，最后就倚到我的肩上了……

儿子听到这儿，神情似乎有点紧张，儿子说，您于是很快把她推到一边，您自己悄悄和她拉开了距离……

不！我怎么会忍心那样做？老刘说，我没有推开她，我怕她睡着了会着凉，我就把披在自己身上的棉衣盖在了她的身上。

儿子再一次瞪大了疑惑的眼睛……

老刘接着说，这时候，过道那一边的一个年轻人，噢，就是跟我换座位的那个年轻人，递给我一支香烟，是那种很高档的"黑芙蓉王"……

儿子马上说，香烟越高级越有可能是暗藏了迷魂药或麻醉药的，您可千万别接！

老刘说，人家的一片盛情，我怎么好意思拒绝？我接过年轻人的烟，抽了一支，我们聊着天儿，很投机的。后来，我又抽了年轻人两支烟……
那烟真香啊！

　　儿子这会儿完全蒙了。儿子自言自语地说，这……这怎么可能呢？

逃 兵

○赵　宇

太阳从地平线上落了下去，把远方的天幕染成了如血一般的火红。我挂着拐杖，艰难地往前走着。白天下的雨都积成一个个小泥坑，包裹着草原的热气蒸腾上来，为腿上的伤口涂上厚厚一层盐。我想趁着余晖多赶一程，但饥饿和灼人的伤口已使我虚脱无力。怀里的那半袋青稞面还在——那可是小李子拼了性命才保留下来的。才19岁的孩子呀，却永远地留在了莽莽无际的大草原上。

伤口一阵撕心裂肺地痛，我重重地跌倒在地上，一丝绝望袭上心头。无情的草原，已使我们失去了好多同志，而我还活着。死亡变得不再可怕，如果我还能站起来，爬也要爬出草原；如果我再也站不起来了，那么我就又可以看到小李子了。黑暗吞没了天边最后一道余晖，我又看到小李子陷下去又挣扎着浮起来，用了最后的力气把这半袋青稞面扔了出来。慢慢地，沼泽漫过了他的胸，漫过了他的头，漫过了他绝望的双手。迷迷糊糊中，我隐约觉得有人在摆弄我的伤口，哦，那是死神的手吧。

"同志，同志！"轻声的呼唤伴着伤口的剧痛唤醒了我，我只觉得一股涩中微甜的液体流入口中，通过我红肿的喉咙，滋润我的心田。我贪婪地吮吸着，慢慢地睁开了眼睛。"同志，你好点了吗？"一张黑瘦、满是尘土的脸，一双布满血丝、疲惫的眼睛，两瓣儿苍白干裂的唇。他慢慢地扶我坐了起来，手上拿着一把不知名的草根。"你的伤不轻啊！伤口已经化脓感染了。"我这才注意到伤口已包上了布片儿。"你是谁?"我警惕地上下打量着他,下意识地捂紧了腰间的青稞袋。他四十岁光景,没有受伤,身边没有拐杖,看上去行动倒方便,只是嘴唇白得可怕,闪闪的镜片后面有一双欲言又止的眼睛。"我……我是掉队的。"他低下了头。

"逃兵!"我心头厌恶地浮上这个念头。我挣脱他,撑着要站起来,可我那不争气的腿又跪了下去。在长征中我见过许多战友,被饥饿、疾病、沼泽夺去了生命,谁都无法预料下一刻自己是否还能活着。在莽莽草原上,生命是最可贵的,因为它要为革命而延续、而存在,但生命也是最脆弱、最易放弃的,它要为革命而牺牲,为战友而舍弃。而苟延残喘地活着却是最令人唾弃的。我甚至为包了他的破布条而感到万分可耻。

他好像读懂了我的心思,无言地扶起了我坐稳。他抱回一堆干草和枯木,燃起一丛篝火,将我挪到离火光最近的地方,然后从挎包里拿出一把匕首,放在火苗上来回烤。

"你要干什么?"我声嘶力竭地质问道。我不畏惧死亡,只是不愿我的鲜血沾到他的手上。"你忍着点儿,会很疼。"他头也不回地依旧忙碌着,过了 会儿,他过来揭开我伤口上的布条,沿着化脓发白的地方割下去。"啊!"我痛得昏了过去,心脏猛烈撞击着胸腔,像要挣脱束缚直奔伤口而去。

他的刀法很准,剜掉一块腐肉,又俯身用嘴一口一口地吸出脓血,突然,他猛烈地咳嗽起来,但他并没有停下手中的活儿,依然麻利地在我伤口上敷上捣烂的草根,然后又缠紧布条。

"现在,要看你的造化了。"他收拾完东西,往火里扔了一把干草。火苗马上蹿了起来,让我感到温暖了许多,我甚至能感觉到冻僵的血液在慢慢融化。我第一次沉沉地睡去,掉进了长久以来最酣甜的梦乡。

当我醒来的时候,他依然守在我的身边。地上放着一些草根,他把其中的一些捣碎,给我敷在伤口上,把另一些挤出水让我喝下去。我没有拿出青稞面，我宁愿饿死，也不想用青稞面养活一个逃兵、败类。而他总能找到一些吃的，有时是沼泽里的小鱼，有时是草丛里腐烂的兔子。"恢复伤口需要营养。"每次，他为我端上鱼汤或烤肉时总是这样说，但他却一口都不吃，只是嚼草根，喝雨水。好几次，他向我打听队伍的情况，我都缄口不语。他救了我的命，我应当感激他，但他对一个伤员的怜悯，能弥补他背叛信仰的罪过吗？谁知道这样一个经不起苦难考验的逃兵会不会因为一顿饱饭、一件暖衣就投降敌人背叛革命？我甚至做好了与他同归于尽的准备。

也许是感觉到我的戒备与厌恶吧，他和我没有更多的话，只是独自对着残阳发呆。两天过去了，我的腿居然慢慢地好起来。我有些感激他，希望是自己想错了，但他那双始终躲闪我的眼睛更加证实了我的想法。

到了第三天，他意外地没有离开。表情有些异样，嘴唇如纸一样白，连黑瘦的脸上也蒙上一层蜡黄，一颗颗汗珠慢慢地渗出来。他艰难地说："你的腿快好了，而我……"他痛苦地皱着眉，一丝血从嘴角渗出，后来越来越多，到最后就大口大口地吐血。我吓坏了，赶紧扶起他。"我的胃病是治不好了，而我不愿再浪费粮食，拖累同志，所以偷偷地跑了出来。我是……我是逃兵。"他不住地咳嗽，大口大口地喘气，费力地指了指身后一大捆草根："以后只有你自己照顾自己了。"

血从他的嘴角不住地往外冒着，流过他苍白的手臂，浸透他胸前的衣襟，眼睛闪亮地凝望着我。我紧紧地捧着他的手，哽咽着却说不出一句话来。良久，他的手慢慢地滑落，他在我怀中慢慢地变得冰凉。

远方，火红的残阳在燃烧，而燃烧的仿佛正是他的鲜血。漫天的红霞如跳动的火焰，照亮他苍白的脸庞，照亮我的泪眼，照亮我的心。

感觉一只青蛙

○宗利华

　　——每个夜晚来临的时候，孤独总伴我左右。

　　这句歌不经意就给正在驾车的美惠一个感动。美惠登时觉得眼角潮润，同时，敏感地察觉车子颤动一下。她马上警告自己，不许再分心了！

　　在一个漆黑的夜里，行驶在扭曲如肠的山路上，路侧是黑的山谷，而且春雨迷蒙。怎么能够分心呢？她长长叹了口气，顺手取过一支烟来点上。摇下玻璃，将那口烟喷向暗夜时，一股湿漉漉的春天气息钻进车子来。美惠把车速放慢，像是在雨中散步。雨似乎愈加急促。两道车灯上散着白晃晃的光。地面上，缥缈的烟雾氤氲地浮起来。拐过一个弯道，美惠的眼前却突然一闪。她的视野里蹦跳进一团生机。

　　那是一只美丽的青蛙！带着惊蛰过后潮湿的泥土气息，突地闯入美惠的思维。

　　美惠转动方向盘的念头是猛地出现的。她当然不会允许自己的车从那个小动物的身上碾过去。就在那一瞬，她觉得车子的右前轮突然下沉！车子继续前滑，便如同飞翔在空中的鸟儿。那只青蛙的影子在美惠视线内清晰一闪，然后，她就陷入那个漫长而又美丽的下坠过程。

　　那个过程中，美惠似乎非常清醒，又像是一片模糊。仿佛是一个梦，恍惚间又不像。四周转瞬人声喧哗，却又一片漆黑。迷迷糊糊中，她感到自己躺在一个温暖的怀抱里。周围弥漫着一股清新湿润的气味。看到那只青蛙的时候，鼻子里钻入的就是那种气味。有一瞬，她是清醒的。尽管眼前什么都看不到，但她能够感受来自身体某个部位的疼痛。但当她疼痛时，总有一只大手悄然抚摸着疼痛位置。那尖锐的疼痛于是变得舒缓，变得若有若无。

美惠想说话，想知道自己在哪里，却无能为力。她在一个神秘的领域莫名其妙地游荡。

我在哪里？终有一天，她清晰地听到自己的声音。

你醒来了！有人说。这时，她才感到自己的手被一双大手紧紧握着。

你是谁？她再问，我在哪里？

在医院，你已昏迷好几天了。那个声音充满磁性，是个年轻男子。此时，他似乎俯下身来，那股熟悉怪异的气息再一次沁入美惠的身体。

那么，告诉我，你是谁？

一个等你很久的陌生人。

这话让美惠怦然心动！但美惠的眼睛被绷带缠得紧紧的，她看不到男子面庞。她的嘴唇动了动，马上就有根吸管递到嘴边。果汁沿着喉咙渗入肠胃的时候，美惠觉得自己像一棵即将干死的小树，缓缓地苏醒过来。

有一刻，她听到一个小护士的声音，你好福气，瞧这个小伙子多么疼你。她脸上顿时一热。护士走开，她把自己的小手软软地放进另一只手里，谁也不说话。但她感觉到了那男子的心在突突跳动。

就在那一瞬，美惠知道，自己现在一刻也离不开那个男子了。

可是，我看不到你呀。那天，她说，我多想看看你的眼睛。

你会看到一切的。男子语气里却含了一丝忧郁。

一天上午，男子突然幽幽地说，你就要能看见东西了。美惠非常高兴，她完全没注意男子的语气。她在想，我终于可以看见他的样子了。

她果然很快就能看到了。大夫给她拆开绷带后，她第一句话就问，他呢？大夫眼睛里满是惊疑，"他"是谁？这病房里一直就你一个人。

可那个陪我的男人呢？

几个大夫面面相觑，从头到尾都没有人陪你的呀！我们大家还觉得你肯定很孤独。

美惠在医院的角角落落疯狂地寻找了三天，没找到。

现在，美惠从方向盘上抬起头来，脸上，早就满是泪水了。

车子停在路的中央。雨似乎早就停了，或者，根本就没下雨。

美惠恍惚间觉得自己已经下车了，她在那段路上四处寻找。路面上空空如也，那只青蛙的影子早不见了。她又往路边看了看，路边的断崖下，草木蓊郁，丝毫也没有曾经坠车的痕迹。

美惠再一次，或者也许是第一次，走出车门。她抬头看着漆黑的天空，鼻子里异常清晰地钻进那股清新而又润湿的气息。

她忍不住狠狠地呼吸着，直到再次泪流满面。

后　台

○田洪波

应该说，金鼻白毛鼠的无底洞还是装饰得很漂亮的。生机盎然的爬山虎，布满了洞门的缝隙，而从缝隙处，又有缓缓而流的汩汩泉水，不免让人生出急欲目睹无底洞风采的冲动。

我已经在这个潺潺水声的无底洞外，徘徊很久了。

我一直拿不定主意，要不要进去。其实，这完全不符合我雷厉风行的性格。但这会儿，我就犯了犹豫。我拿不准金鼻白毛鼠又是什么来头，这一路之上，我碰过的钉子实在太多了，它已经严重地打击了我的自信心。

我有些颓丧地找块石头坐了下来。我想，自己这会踌躇的样儿，如果让悟能看到，一定会大笑不止。好在他和悟净师弟正陪着师傅，他们根本没机会看到我一筹莫展的样儿。

我捡起一块石子儿，投进了一旁的小溪中。水面上激起了一阵涟漪，仿佛映照了我此刻的心情。我又下意识地抬头望了望天。这会儿，头顶上正有一大片黑云压来，好像一场倾盆大雨，随时都可能泼洒下来。

我继续望向小溪，溪水潺潺，过去的一幕幕又闪现了出来——我在黑凤山大战妖怪黑熊三十回合，末了，他却跑到了观音那里。观音暧昧地笑着对我说："我那落迦山后一直无人看管，我把他派去做个守山的大神吧？都怪我没管教好他。"我连辩论几句的机会都没有。她观音于我悟空有恩不假，可她也应该管好自己的身边人啊！怎么可以让他们肆意下凡捣乱？

更让人可气的是后面发生的插曲。我去求助观音菩萨，她居然派那个可恶的守山大神黑熊来接我，并且，直呼我的姓名问有何公干！那趾高气扬的派头儿，简直让人恨不得一棒将他置于死地！可我知道自己奈何不了他，只能在嘴上快活一下："你这个该死的黑熊，俺也是你叫的悟空?!"把那家伙得意得一阵哈哈大笑。

后来，几乎我每上天搬一次救兵，自信心都要受一次打击，我被天庭混乱的关系搞晕了。勾引宝象国公主的狼精，居然是玉皇殿前的带刀侍卫、二十八星宿的奎木狼。他一番如簧巧舌，只是被玉皇贬去兜率宫给太上老君烧火，并且是带俸的差使。篡夺乌鸡国国王宝座的，居然是文殊菩萨的坐骑青毛狮子，自然也让我最终奈何不了他！我不知道，我一路之上碰到的妖魔鬼怪，还有谁与天庭上的诸位大人有裙带关系——每每一想到这点，我就有些气馁，就感觉握金箍棒的手痒得难受。可我也只有把它常杵在地上发泄的份儿。

这会儿，有几个老鼠崽子把洞门打开了。我知道自己不能再犹豫了——我得先探明情况再说。

我变成一缕青烟飘进了洞里。

眼前的景象几乎让我傻了眼。我看见，在高高的供台上，居然摆放了一溜儿供牌，而且，名字都非常耀眼——"尊父李天王之位""尊兄哪吒三太子之位"，天哪，这金鼻白毛鼠又是个来头不小的主儿！

我猜想，金鼻白毛鼠不过是拉大旗扯虎皮罢……瞧她那得意的样儿，惬意地闭着眼睛，坐在高高的太师椅上，正由两个老鼠崽子捶腿。××！我在心里恨恨地骂了一句，我容不得这些妖魔鬼怪的嚣张！我几乎忘记自己遇到过的不愉快了。我扯开嗓子，惊天动地大喝一声，现出了原形："你个该死的白毛鼠，看看我是谁?!"

金鼻白毛鼠真被我咬牙切齿的样子吓坏了。她"腾"的一下从太师椅上跳了起来，可只是片刻工夫，她又笑了。她就那么暧昧地笑着看我。

"悟空兄弟，欢迎你的光临。别发那么大的火儿嘛？"她居然冲我飞了个眼儿，"有什么事，你可以找我干爹去说。"

我握紧了手中的金箍棒："你干爹是哪一个龟孙？"

"就是托塔天王啊，怎么，你没看见这牌位？"金鼻白毛鼠扭动着腰肢，走下太师椅，"我虽然不是出身豪门，可我这儿的桑拿按摩，还是很让人享受的，他来了几次，就认下了我这个干女儿。"

我知道，李天王不是个好惹的主儿，早听说他好这个口。可我不能任由金鼻白毛鼠这么胡作非为下去。我今天就决定和她斗个明白——不然，我不知道自己的金箍棒还会派上什么用场，不如干脆扔了算了！没有敌人的金箍棒，还要它有什么用？！我大喝一声："少来这套！"挥棒就朝金鼻白毛鼠打去……

我不知道，我们斗了有多久。直到她飞上天，我也一直紧紧跟着。我不怕她到李天王面前辨个是非。

结果，到了天庭，果然遇到了李天王，金鼻白毛鼠一下子躲到了他身后。奇妙的是，她叫他干爹，李天王居然没有一丝儿反应。我认为，这是千载难逢的下手良机，正准备挥棒，却被闻声赶来的哪吒喝住了。

"爹啊，你怎么忘了？"哪吒悄悄扯了扯李天王的衣襟，"她是你第十九个干女儿，在无底洞洗桑拿时认识的。"

我知道，这个李天王难脱干系了，还是挥棒追向金鼻白毛鼠。我们纠缠在了一起，一直乌烟瘴气地闹腾到玉皇那儿才罢手。玉皇让太白金星查明真相后给调解一下。

我情知太白金星不会有什么好主意，只好垂头丧气去找师傅。路过一片荒冢时，我听见白骨精飘荡的灵魂在哭诉："只恨奴家朝中无人啊……"她的声音是那么刺耳，声声都像一枚枚针扎在我身上，我大叫了一声，重新挥棒返上了天庭……

活鲁班

○申　平

　　早先年间，哈达城里出了个著名匠人，人送美号"活鲁班"。您别以为鲁班就是木工，其实鲁班爷乃是木匠、石匠、瓦匠三种行业的祖师爷。这"活鲁班"便是个集木、石、瓦三种技艺于一身的能工巧匠。哈达城自古无楼，第一座宴宾楼便是"活鲁班"带人建造而成，从此名声大噪，每日来请"活鲁班"做工和拜师学艺的人踏破了门槛。

　　初时，"活鲁班"还知谦虚，每有人称他的美号，他便连连摇手："不敢当，不敢当！"日子久了，听耳熟了，便觉无所谓；又过段，来人若不叫他"活鲁班"，心中竟有点不滋润。

　　收徒也是一样。开头"活鲁班"严格把关，慎重发展，渐渐便以祖师爷自居，打着广纳贤徒的旗号，来者不拒。反正多一个徒儿便多一份收入，多一个扬名者，何乐不为！

　　忽一日，工棚里来了个行乞老者，他称自己从外地逃荒而来，无依无靠，想在工棚里暂栖几日。掌管工棚的大徒弟见老者可怜兮兮，便动了恻隐之心，留他住下。这天，恰逢"活鲁班"来工棚料理。他一进屋，徒儿们便"祖师爷""活鲁班"地叫个不休。"活鲁班"身着长袍马褂，手托玉石嘴烟袋，面色红润，器宇轩昂。他如此这般布置一番，转身想走，冷不防被那行乞老者挡住了去路。

　　"你就是'活鲁班'？"

"活鲁班"打量一眼老者，但见穿戴破烂，便有些轻慢，他不屑地在鼻中哼了一声，抬脚要走，却听老者说道：

"且慢！你既是"活鲁班"，自然三艺全通。不瞒你说，老朽是个石匠，今天倒想跟你比试一下手艺，不知意下如何？"

就凭你一个要饭花子，跟我比？"活鲁班"心中大怒。但转眼看见周围众目睽睽，便慨然应道："那好吧，请问师傅如何比法？"

老者略一沉吟："咱比凿西瓜吧，三日之内，看谁能用石头凿出像真的一样的西瓜来。""活鲁班"微微一笑："可以，三日后见。""活鲁班"回家后，便亲自去选了精细石料，使尽平生手艺凿刻不止。徒儿不断将老者的信息传递过来，说他寻了一块并不起眼的石头，把自己关在一间小屋子里，也在凿刻。

三日到，"活鲁班"的众徒儿以及街中百姓全都赶来争看比赛结果。只见"活鲁班"命人端来一个盖着红布的托盘，立刻引来一阵喝彩声。

轮到老者献艺，却见他不慌不忙，走进小屋抱出一个圆不圆、扁不扁的石头蛋儿，登时惹得哄堂大笑。"活鲁班"不由说道："师傅，你这也叫西瓜？"

老者正色道："你的西瓜虽好，但中看不中吃；我这西瓜难看，却是黑子红瓤！"

老者说着将西瓜放于桌上，抄起錾子，只轻轻一击，那西瓜立刻裂成两半：果是鲜红的瓤、黑黑的子，顷刻间异香满室。

所有的人一时呆住，待清醒过来，老者早已飘然而去。

"活鲁班"登时满脸羞愧，忙冲着那西瓜跪拜下去："祖师爷，不知是您老人家显圣了，弟子该死啊！"他第二天便带人亲修鲁班庙，又大宴宾客三日，宣布："以后谁叫我'活鲁班'，如辱我祖！"

火红的城市

○金晓磊

一身绿色的环保倡导者——异乡人一到 K 城，就傻掉了。

K 城成了红色的海洋：火红的大楼，火红的街道，火红的街树，火红的路灯……但居然见不到一个人。

异乡人抬了抬手腕，刚好下午两点半。大概整座城市的人都在午休吧。异乡人想。这么一想，异乡人长途奔波的倦意也上来了，他想尽快找家旅馆休息一下，再来搞清楚这城市到底出了什么事情。

没几步，就到了一个十字路口。信号灯似乎坏掉了。它一直是红色的。等了一会儿，异乡人终于看出了其中的奥妙。三盏灯的颜色虽然都是红色，但红得不一样——是从浅红到深红变化着排列的。可是，异乡人仍旧不明白哪一种灯该停，哪一种灯该行。他只好继续等待。他可不想被摄像头拍照，成为乱闯"红"灯的典型，成了 K 城不欢迎的客人。

一会儿工夫，嘈杂声像是一下子从地底下钻出来似的，涌进异乡人的耳朵里。异乡人看到一群一群人，从大楼里钻了出来。红色的头发。红色的脸蛋。红色的上衣。红色的裤子。红色的鞋子。异乡人像棵绿色的小树一样戳在原地，一动不动的，显得很刺眼。异乡人还没明白过来怎么回事，从四面八方潮涌过来的人群，二话没说就把他剥了个精光。马上又有很多人训练有素地给他染红色的头发，涂红色的脸蛋，穿红色的上衣、红色的裤子、红色的鞋子。然后，他们一把火烧了异乡人原来那套绿色的行头。最后，一个红色的女孩子递给异乡人一只红色的旅行袋，朝他笑了笑。异乡人看到那女孩的牙齿竟然是红色的！

人群四下散去，一切归于平静。后来，陆续有人从大楼里出来，他们很自觉地组成一个四人小分队。其中两个抬着一架红色的长梯，另两个抬着一只红色的大塑料桶。

异乡人跟上了其中一个小分队。

异乡人说，你们这是干吗去啊？

他们异口同声地说，漆树去！

漆树？好好的绿树，为什么要漆成红色的？异乡人问。

我们喜欢红色！最讨厌的就是绿色了。

为什么？

其中一个年长的问道，你知道炒股吗？

异乡人说，知道一点儿，但我不炒。

难怪了。我们 K 城大人小孩一起炒呢。刚出生的小孩就到证券公司开户，算是报了户口的。等长到八岁，政府就往这人的户头里打进 1000 元，他就开始炒股了。年长的停了停，继续说，炒股的人都知道，红色代表涨，绿色代表跌。

异乡人忙接口道，这我也明白。我们那城市也有人在炒股，但也没有像你们这样夸张，把一切都漆成红色的啊！

年长的说，一开始，我们也不想这样的。前不久，我们城市出现了一种怪病——一见到绿色，就头晕目眩，呕吐抽搐，四肢无力。发展到后来，见了另外像黄色、白色之类的颜色，也出现了类似的症状，只有红色除外。最后，我们城市里的医学博士给它取名：炒股综合征，还开出了把东西漆成红色的药方。

异乡人说，既然这样，那不炒啊！

四个人又同时用鼻子"说"了一个字：哼！

年长的接着说，真的是没有实践就没有发言权啊！这股炒上了，还停得了？除非是神仙的爷爷。

　　那这样不影响工作？整个城市不都乱了套？异乡人说。

　　笑话。乱套？你看我们乱套了吗？现在，我们天天是上午炒股，下午也炒，一到三点就结束，然后，都很自觉地出来做事情——有上炒股培训班的，有专门分析 K 线图的，有专门刷墙漆树的……效率不知道要比以前高多少倍啊。再说了，如果工作真做不好，我们城市的人又都会很自觉地加班加点的。

　　原来这样啊！异乡人立刻明白无法阻止他们的，他也不想眼睁睁地看着他们熟练地把树漆成红色，于是和他们道别了。

　　异乡人想赶着去 L 城宣传他的环保理念了。

　　那个时候，L 城城口的那棵百年大树，正在被漆成红色……

姐·妹

○谷　凡

姐

风起，树上落下几片黄叶，有一片正好落在她的脚下。她弯腰捡起那片叶子，发现叶子有一多半还是青的。不知为何，她又开始剧烈地咳嗽。宫女们见她弯腰，匆匆朝这边走来，她却摆了摆手让她们退下。好久没走出过宫廷了，猛然间看到眼前的景色，竟多了些陌生。她的身体显得单薄，没有血丝的脸上转动着一双饥饿的眼睛。

一口血，从她嘴里吐出，使那原本闭合的双唇更加楚楚动人。作为南唐宰相的女儿，她曾感到自己是幸运的，因为她可以依自己的才貌和地位入宫，见到那个令她心醉的皇帝。他懂音律、精诗词、善绘画。他是一个少见的皇帝。她希望在他身上看到家国的兴旺，尤其是当她做了他的皇后以后，更是希望他能安邦定国。

她的视线越来越模糊，手和叶子不停地在她眼前翻动，那修长而且白嫩的手指，像是蠕动的虫，让她感觉有点怕。记得刚进宫时，她也怕过，但那时她怕的时候总是可以找他去寻求安慰，她觉得那时他是她的一切，和他在一起，她感觉幸福，他总可以让她很开心。为了讨他欢心，她创造了一种"高髻纤裳及翘鬓朵"的宫妆，每每她以此妆出现在他面前，他总是赞不绝口。作为女人，她感觉自己拥有了一切，这一切像流水一样清澈纯净。

寒冷轻射到她的身上，如若没记错，现在还不到冬天，可天气却特别冷。她不禁打了一个寒战，拿叶子的手抖了抖，眼睛里藏的是无尽的忧伤。那首他所填的词还未等她谱出新曲，那令她振奋的情感就冷却了。

一只鸟鸣叫着从她的头顶飞过，她想看清鸟身上的羽毛是什么颜色，可她费了很大力气还是看不清楚。鸟飞远了，只有鸟的叫声在她的头顶盘旋。那个令她爱慕的皇帝，顷刻间化为乌有，留给她的只是哀叹和失落。突然，她似听到鸟在说话，那鸟分明在说：一个整天纵情声色、荒废政事的皇帝，不值得你去为他流泪。第一次，她把头低下了，而且低得很深很深。不知为什么，她又想起了那天的事情，她曾下决心不再想，可是，却无法控制地又想起来了。

那天，大概也是有风的，一群花枝招展的女子向她跪拜，其中，居然有她的妹妹！她问妹妹何时进宫的，妹妹回答已经数天。看着妹妹不知哀愁的脸，她吐出了第一口血。所有的人都说她病了，却说不出她因何而病。她强忍泪水转身走开，她忘记了那腿是如何迈开的，只感觉心里流了很多血，那血胀得她很痛。

又一口血，她吐在了那所谓的御床上，鲜红鲜红的血。从此，她的脸不再向外，任旁人如何说如何劝，她都不再见他。她知道，这一生的美好都结束在那一刻了。她痛苦，想抓下一把天来问一问，问一问她做错了什么。妹妹今年才十四岁，十四岁的妹妹眼睛里什么都没有，只有梦和画。她知道，他会给妹妹与她一样的欢笑，也会给妹妹与她一样的痛苦，最最让她痛心的，是她不能告诉妹妹这一切。

她怨恨自己世故，假若当初不选择进宫，所有的一切都不会发生，她心里对他的渴望将会伴随她老去。又是一阵剧烈的咳嗽，又是一口鲜血，从她那想声讨世界的嘴里喷出。她感觉眼前漆黑一片，她努力想睁开眼睛，看一看这个曾让她恋慕过的地方，但她什么都没有看到。她知道，这一刻终归要来临，她吐尽了最后一口血。这口血是为他，也是为自己，更是为妹妹。

……

秋风多，雨相和，

帘外芭蕉三两窠。

夜长人奈何？

历史曾这样记载这个女人：周娥皇，南唐后主李煜的皇后，通晓史书，善歌舞，精谙音律。964 年，周皇后病死，时年仅二十九岁。

妹

月亮升起，房中略显凄凉。他抓着她的手还未松开，来人却在外面一声声催促。她的心里来了些激动，她精心为自己梳洗了一番，当初，她第一次见到他的时候也是这样精心梳洗的，尽管当时她想到了姐姐，但那颗被俘获的心已经受不得半点儿委屈。她知道这样会伤姐姐的心，可即便她不这样做，姐姐的心同样也会被别的女子所伤。

她从不曾有过悔恨，即使现在，她同样不悔恨。让她失去姐妹情得来的男人，而今已经变成亡国奴，他的那些词，就算能流传千古，也救不了他的国家。不知从何时起，在她心中已升起另一个英雄的名字——赵匡胤。

她跟随来人走进宫殿，这是英雄第一次召见她，想必她的容貌他是早有耳闻。想到此，她微微一笑。她要让他欢欣，让他像他一样离不开她。宫殿里的设施与原来她所住的截然不同，这里少了许多的诗情。英雄对她的征服是不需要过程的，她的走动和坐姿都流动着柔情，她希望英雄能给她带来辉煌，因为她的生活是不能缺少这两个字的。她知道，只要她能见到英雄，她的一切愁苦都会结束。那个爱她也是她爱的小后主，不，应该是违命侯，此刻正眼巴巴地望着她走出门庭。

与英雄的相见是很简单的，她一到，英雄就喝退了左右。英雄的手很重，抓得她有点痛，但她嘴角依旧含着笑，甜蜜地闭上了眼睛。那种前呼后拥的生活，重新回到她眼前。她相信英雄能给她带来一切。

英雄召见过她后，又把她送回到他的身边，虽然她不想回，但英雄这样决定，她就得服从。服从，此时成了她的一种义务。

从英雄那里回来，再见到他时，她有点儿不好意思。他依旧在写那些思念家国的词。他问那个仇家叫她去做了什么，她只是笑而不作答。距离，他和她之间顷刻间有了距离，他们的沟通也开始困难起来，她看到了他为她而流出的眼泪，但这已经不能再令她感动，相反，她觉得他的眼泪是不应该流的。他们不再谈论有关英雄的话题，就像当初避开姐姐一样。她突然想起，他对姐姐的爱也是很深的，记得姐姐死时他亲写了诔文，"绝艳易凋，连城易脆"，每想到此句她都会心生忌妒。现在，那些忌妒已经没有了，她倒希望他能多想想姐姐，少和她说些话。

又是一个夜寒风冷的时刻，她又被英雄召到宫里。她想说，给我一间房，一张床，让我永远地伴你。可话到嘴边，她又收回了。这是第几次被召见，她已经不记得了，她知道留下陪伴英雄的日子不远了，所以，她就耐心地等。那个只会写诗词的他在她心里越来越渺小。

那天，英雄派人送来了暖酒，命令他们二人共饮此酒。她心里说不出是惊是喜。此刻，她看到窝了一冬的太阳，从窗户里洒进几许光。当她看到他饮酒后猛然倒下，心沉了一下——怎么可以？那个英雄……

她不明白，英雄做的很多事她都不明白，她一直以为英雄会对她好，因为她对英雄也好，她甚至后悔和后主一起的生活。她以为英雄会看在她陪过他的分儿上放过她，可现在……她猛然间想起姐姐在宫里第一次见到她时的眼神，那眼神不是怨恨，也不是忌妒，那是什么样的一种眼神！

当她同样倒下的时候，眼前出现的不是英雄也不是后主，而是姐姐。自从她进宫陪伴在后主身边以后，姐姐至死而脸不再向外，不再与他相见，直到吐血而死。姐姐心里该是多怨恨呀！她知道，也许换了别人，姐姐不会这么怨恨他，可自己偏偏是她的妹妹。

房间里的光线越来越少了，她不想倒下，她还年轻，她希望自己能有做母亲的那一天，但她倾心的两个男人，却没有一个人能满足她的愿望。她没想到，那个为她建"柔仪殿"，让她伤了姐妹情的小后主，最后给她带来的居然是死亡。更没想到她心中的那个英雄，那个被万人朝拜的宋太祖，最后给她带来的是耻辱，是完结性命都抹不去的伤痛。

金雀钗，红粉面，
花里暂时相见。
知我意，感君怜，
此情须问天。
……

历史同样记载了这个女人：周氏，昭惠皇后周娥皇的妹妹，南唐后主李煜的皇后。978 年，后主死，小周后不胜悲伤而死，时年二十八岁。

看倒影

○刘心武

　　S君的油画越来越引人注目了。那天我去他在农村的画室，刚进去就看见一幅接近完成的大画，那画上显示出一个倒立的人形，比例与真人相似，很不规整，觉得飘飘忽忽的，不禁说："啊，倒着画人——你又在玩什么新花样？'后现代'不过瘾，又玩'后后现代'？"他迎过来，笑道："您再细看看，这幅可是完全写实呢！"

　　S君招待我喝下午茶，细说端详。他出生在南北交界地的一个小村庄，在乡里上的小学，在上到四年级以前，他说他都还没有开"眼窍"——就是他完全不懂得审美。直到有一天，他们的班主任老师，他记得姓蔡，那时候才二十出头，活泼开朗，像是同学们的大姐姐，教他们算术，也带他们做操。那一天，蔡老师跟同学们在河边做游戏——那个乡村小学没有围墙，迈出操场不远有一条小河，蔡老师说玩"老鹰捉小鸡"，大家都来当老鹰，她当带头的大老鹰，我们是一群小老鹰，大家一起飞飞飞——就是她身后的那个同学拉住她衣裳的后襟，然后其余同学一个接一个地拉住前面同学衣裳的后襟，大家步调一致地沿着河边的草丛跑呀跑、跑呀跑，笑语喧哗，快乐非常。跑完，蔡老师就跟同学们一起在河边小土坡上坐下休息。就在那个下午，蔡老师亲切地跟同学们说："要学会看风景啊！不要光往岸上看，要懂得看倒影啊！看呀看呀，小风吹过来啦，河里的倒影怎么样啦……"S君强调，蔡老师指点倒影的那一刻，对他来说，是生命中最宝贵的审美启蒙，从那一刻起，他开了"眼窍"，能够发现现实世界里，可以被称作"美丽"的事物了。当然，这种理性的归纳，是多年以后才提炼出来的。而且，蔡老师的这种审美启蒙，也不是每一个同学都能理解与吸纳的。S君承认自己早慧，他说当许多同学仍然懵懵懂懂的时候，他就不仅能飞快地领悟蔡老师的指点，还能主动地去求教："蔡老师，除了河里的倒影，还有什么是好看的呀？"

他至今还记得蔡老师跟他说："那些一般人没感觉的东西你要产生感觉才好呀！比如我宿舍外头的那架丝瓜，有的人看见，他会想着，瓜棚好遮阳啦，嫩丝瓜好做菜啦，老丝瓜晒干了丝瓜瓤好拿来洗碗用啦……你出去细看看，你看那瓜藤上的嫩藤尖，它好想往竹竿上攀呀，它在微风里颤悠悠的，它多可爱呀，多耐看呀……"他就真的跑出蔡老师宿舍细看那瓜藤尖，他说，那半透明的带有小茸毛的最尖端凝出一粒细水珠的丝瓜藤的嫩尖，第一回唤起了他作画的冲动——虽然老早就有美术课也画过许多给老师去评分的东西，他意识到那些都不是"美术"，也算不上是"画儿"……

他说蔡老师相貌平平，但有时候蔡老师让他觉得很美。比如有一次蔡老师教他们算术，做一道例题，忽然蔡老师脸红了，连连摆手说："哎呀错啦错啦，不好意思，算错啦！"于是再从头做起，还告诉同学们，她为什么算到那一步出了错，提醒同学们吸取教训——蔡老师纠正自己错误的那几秒钟，在他心里产生出一种不光有颜色、线条、光影、动感的形式美，还有一种更深层次的美感，当然这也是他多年以后才提炼出来的感悟。

"这位蔡老师教你们的时候，该是改革开放初期吧？那时候她就能注意对学生进行美育，真不简单呀！又过去快三十年了，她已经桃李满天下了吧？"S君回答我，他小学毕业以后，到镇里上初中。毕业前回老家小学去找过蔡老师，人家告诉他，蔡老师考上大学，离开好几年了，究竟是哪个大学，谁也说不清，这让他无比惆怅。后来他到县城上完高中，再到省城读完大学本科，又到国外闯荡了几年，一直没有忘记蔡老师的启蒙之恩。现在他画这么一幅《倒影中的启蒙者》，正是为了抒发胸臆中的一汪情愫。

我和S君探讨，蔡老师的美学意识，是她读了一些美学著作产生的还是天性中自发的？她对学生进行美育，是自觉的还是无意的？S君说他无从判断，但他将在那幅大画里表达这样的意蕴：这样的一个生命，必是快乐而有福的！